E liure de matheolus
Qui uous monstre sans varier
Les biens et aussy les vertus
Qui viegnent pour soy marier
Et a tous faictz considerer
Il dit que lomme nest pas saige
Sy se tourne remarier
Quant prins a este au passaige

Comment matheolus bigame
Fist vng liure disant sa game
De mariage tout aplain
Et en commensant se complain

TRistis est anima mea
Jhũcrist qui tant ayme a
Les siens q̃ denfer gecta
Et de son sang les racheta
Soit a ce mien commencemeut
Et me doint bon auancement
Jay bien cause despandre larmes
Car ne scay quãt viendront les termes
Que ie seray hors du martire
Qui pres de desespoir me tire
Se pacience ⁊ constance
Ne me donnassent esperance
Dauoir en aulcun temps confort
Bien croy que fusse pres de mort
Car nul homme viuant ne sent
Le dueil que en mon cueur descent
Je suis tempeste en couraige
Et sy suis tormente douraige
A bon droit car trop variay
Le iour que ie me mariay
Sy auoye ie desfore veuz
Plusieurs volumes et leuz
Tant en ryme comme en prose
Mesme le rommant de la rose
Qui dit en cueillant la soulcie
Du chapitre de ialousie
Nul nest qui marie se sente
Sil nest fol qui ne sen repente
Il dist veoir mais ne me souuint
Despuis .xix. ans ou vint
Pour ce languis en grant misere
Mieulx me voulsist dedans lysere
Ou dedans seyne estre noyez
Je feiz comme fol desuoyez
OR ay troue maistre mathieu
Toutesbahy ⁊ tout pensieu
q̃ nest pas de tout mal deliure
Formẽt se cõplaĩt en son liure
Bien aourne de rethorique
Saige fut ⁊ bien autentique
Bien apert aux vers ⁊ a leuure
Que son sens nous met ⁊ desqueuure
Sy ne la peut on publier
Sans y vouloir riens oublier
La chestiuete du bigame
Qui ne scauoit pas bien sa game
Ains estoit deuenu bien nyce
Bien auoit veu lappocalipse
Ezechiel ⁊ iheremye
Mais ce ne peut souffire mye
Jauoye bien le cueur transy
De mestre abuse ainsy
Comme les beaux vers applicqua
Ou tant belle rethorique ha
Pource quon doit vices blasmer
Et les bonnes vertuz louer
Aidier ie vueil ⁊ confort faire
Tousdiz au bien et mal retraire
Pour celluy qui tant a de rage

Que il se plaint de mariage
Taire ne men vueil nullement
Car a ma matiere descend
Des yeulx ploura plus dune larme
Maistre mathieu dont dieu ait lame
Le poure fust prins a la trappe
Bien eureulx est qui en reechappe
Sa maistrise dyminua
Et iusquen fin le minua
Maistre mathieu fut mathiet
Or le prenez tel comme il est
Bien scay quapres ma peyne mise
Chascun en dira a sa guise
Et son descrip que ryme a
A therouenne lenuoya
En vng beau liure le fist mettre
Et bien escript en bonne lettre
Sy en deuez bon gre scauoir
Car ce nest pas pour vostre auoir
Qui ourra la sentence toute
On lappellera passe route
De larmes en soy grant somme a
Pourquoy maistre mathieu nomma
Liure de lamentacions
Des mauluaisez temptacions
Deffende dieu ceulx qui lorront
Et en la fin quāt il mourront
Leur soit piteux ⁊ fauourable
Et de tous peches secourable
OR sus petit liure va ten
En la cite plus ny atten
Tu yras sans ma cōpagnie
Et sy nen ay ie pas enuie
Mais quant ce dit sera veu
Et bien examine ⁊ leu
Je doubte que trouble nen soye
Combien que nul mal ny pensoye
Bien doit auoir qui bien demande
Aux compaignons me recōmande
Expose leur ma pestilence
En leur disant faite silence
Le grant labeur dont ie labeure
Qui ne cesse ne iour ne heure
Affin que quant ilz orront dire
Que nul ne sen peut escondire
Ne excuser par ignorance
Fay publier par toute france
Que nul sy na au corps la rage
Ne se mette en mariage
Et mesmement par bigamye
Mieulx vault que chascun ait amye
Que eulx marier pour plourer
Va sy leur dy sans demourer
Tousiours plourant lamenteray
Par cest dictier leur monstreray
Que iay raison bien coulouree
Que ma face soit esplouree
En sanglottant ⁊ en souspirant
En gemissant ⁊ en plourant
Vous diray la forme muee
En faisant de larmes buee
Mais mon petit engin muable
Moult variant ⁊ moult culpable
De lamentacion me blesse
De mes droys ⁊ de ma noblesse
Suys despoullye ⁊ deserte
Pource suis ainsy reboute
Perdue seichee ⁊ finie
Est liberte de ma clergie
A peyne pour ceste auenture
Que sauatier na de moy cure
Que feray chescun me desprise
Et nuyt et iour le sens me brise
Je nen puys mays si ie mesmaye
Qui me sanera ceste playe
Le droys dient nen doubte mye
Que la playe de bigamye
A tousioursmais est incurable
Rien ny peut estre secourable
Je fuz iadis maistre clame

Or suys orendroit bigame
Et avalle en bas degre
Endroit ie nen ay point de gre
Bien voy que les choses premieres
Ne respondent pas aux dernieres
Et ne sont en vng mesmes cours
Sy scay bien et ay mon recours
Que plus est homs de grant prouesse
Et en degre de hault haultesse
Tant plus est dure la racine
Et moins ya de medecine
Allegue est par mainte clause
Sy ploure ien ay assez cause
Las mathieu qui estoye maistre
Ne pas comme souloye estre
Car mon habit et ma sequelle
Estrangez sont par ma querelle
Las la bigamie me tue
Je ne suys mais quunne estatue
Qui souloye estre vne ymage
Or ay prins vefue en mariage
Que contre moy froncist et grouce
A toutes heures me courrouce
A chascun mot chetif me nomme
Par elle suys fait chetif homme
Certes trop est maluaise beste
Je la crain plus que la tempeste
En mariage est coustume
Que tout vertist en amertume
Les mariez ainsy contendent
Entre eulx a diuerse fin tendent
Souuent ce que lung het lautre ayme
Ainsy fillent diuerse trayme
Lune est loyal et lautre faulce
Femme sert de trop male saulce
Trop par est femme dommaigeuse
Et vers son mari enuieuse
Toutes celles bien dire los
Font a leur mary ronger los

¶ Matheolus.

Seigneurs cōpaignōs et amis
Certes mariage ma mis
Pour dancer a ceste carolle
Qua peine puys ie ma polle
Maistrisier dictier et rimer
Ny ma grant douleur exprimer
Tant suys ire par sainct symon
Ira impedit animum
Lesperit a ma chair se courrouse
Et mon sens dedens moy rebourse
Car ire me fait eschauffer
Sy com le feu se prent au fer
Quant a son forger le veult traire
Par les figures de grammaire
Ne me pourray ie excuser
Que mon temps en dueil fault vser
Riens ne me vauldroit sistole
Papagoge et dyastole
Ne briefue longue: ne longue briefue
Car lamentacion me griefue
Et mon plour me nuyroit aincoys
Pose que ie parle en francoys
Se ie en mon parler excede
Excusez moy car ie procede
Sy ires comme vous voyes
De vostre bien y pourvoyes
Se ie ne fais pas sens ou rime
Sy la faictes plus leonime
Et les bons motz adez voyez
Car hors loy suys et desuoyez
Ne ie ne scay a maistre aller
Pour monter ne pour avaller
Fourcennerie me guerroye
Dont en ce dictier me mestroye
Thersicore ne anthyope
Euterpe ne caliope
Melpomene pollinya
Nulles deulx point mises ny a
Qui vueille delectacion
Mais en ma lamentacion
Trop bien que a ce coup sera

Thesyphone et megera
Qui mes douleurs exposeront
Ne ia ne men excuseront
Je sens mon doulant cueur baler
En ses las suys ne scay parler
Je sens bien que clerc ne suys mye
Puis que iay laisse ma clergie
A quoy ie ne puys retourner
En douleur me suis seiourner
Le droit en est assez expert
Veoir le pouez en apert
Pourquoy sy ie suys fortune
Courroucie ⁊ desordonne
Et redargue par ma foleur
Je ne quiers que plainte ⁊ douleur
Et mespargnez pour dieu mercy
Tant suys doulant que ie meurs cy

R oyez iouuenceaulx oyez
Et de marie vous tenez
Venez mon grief douleur oir
Riens ne me pourroit esioir
En malheur sont bigames nez
Et sur tous aultres diffamez
Il nest nul qui leur peust aydier
Pour souhaydier ⁊ pour prier
De toutes pars ilz sont blasmez
Et ne sont en nul lieux amez
Lascension gregorienne
Leur oste ioye terienne
Vain est ⁊ de malle memoire
Le decret du pape gregoire
Je en doys bien plourer ⁊ plaindre
Je vous prie a tous sans faindre
Nen prenez pas exemple a moy
De ce que ie me bigamoy
Mieulx vo⁹ vauldroit perdre la teste
Que languir en telle moleste
Nestre au dangier de iangleresse
De malle langue tanceresse
Et des plours des enfans petis
Mais encores suys plus chetis
De sortir deuant iuge lay
Cy a douloreulx virelay
Pour les fais ne souloye faire
Fors ce quil leur estoit contraire
Mais comes enuers eulx leuoye
Et par mainteffoys les greuoye
Las or me va bien aultrement
Certes dieu scet bien se ie ment
Et com ie vis a grant meschief
Je nose mais leuer le chief
Ne le sourcil vers ma maistresse
Don ie languis en grant destresse
Jamais tel douleur naura hom
Ne neust oncques soubz pharaon
Auec les las suys assemble
Se semble que ie soye emble
Il ny a ne grant ne menu
Dont ie ne soye vil tenu
Las homme serf peut deuenir
Franc cil peut on bien affranchir
Mais ie ne puys iamais rauoir
Signe de clerc pour nul auoir
Dont ie voy que par mariage
Suys assez en plus grant seruage
Que serf qui se peut rachapter
Cest ce qui mon sens fait beter
Je suys ainsy com la suette
Qui par nuyt es rigours huette
Auec aultres oyseaulx de iour
Nose demourer a seiour
Jusque au soir la fault tarder
Quel nose les gens regarder
Mieulx me vaulsist auoir la fieure
Cornu me fait comme vne chieure
Quant honneur de clerc ay perdue
Qui ne me peut estre rendue
Mon actif en passif mua
Bigamye qui me tua
Homs qui a vesue fait hommage

Est dampne de triple dommage
Car iustice est par gens laye
Sa femme le mort et esbaye
De ses enfans seuffre par force
Ny a celluy qui ne sescorche
Helas ie suys trop deceu
En trop maluais las suys cheu
Mal heur et mal encontre ay
Heusse plus chier quant lencontray
Que ieusse encontre meduse
Laquelle sy com len dit vse
De conuertir les gens en pierre
Car ie neusse pas par sainct pierre
Eu lors sy mauluaise encontre
Jencontray trop mauluaise mostre
Je cheiz au cul de la masse
Je ne scay comme hors men trasse
Ne faiz que gemir et crier
Car riens ne me vault dieu prier
Pourquoy priere fonderoye
A dieu plus que ne cuyderoye
Qui enclinast a moy ayder
En vain me pourroye playder
Cest grant folie de penser
Pour oppressions entasser
Len peust faire lomme paisible
Non contaigneux estre impossible
Ce me semble bien dur par mame
Se clerc espouse vefue femme
Belle vaillant non diffamee
Et digne destre bien aymee
Quant de clergie on le desgrade
Comment la sentence procede
Et le decret est trop nuysible
Plus semble la coulpe loysible
A celluy qui sy bien suppose
Quant vefue prent a son espouse
Raison luy monstre clerement
Que condempnez nest nullement
Quil ne peut estre pourueu
Se par luy ne sest deceu
Or ay prins en malle saueur
Ce ou ie nay bien ne honneur
Souuent mon mal en pys excite
Quant ie voy que coulpe licite
Ne nuyst point a deuenir prestre
Bien scay que point ne peut estre
Qui prendroit femme corrompue
Mais cy est droicture rompue
Car auec ceulx me puys desduyre
Sans marier ce ne peut nuyre

Bien me fault garder ma clergie
Sy ie vueil venir a prestrie
Bon voy bien que cest grant domage
Quant le defaut daucun moblege
Plus que le mien cest grant simplesse
Au cueur me fait trop grant destresse
Raison ny trouuera on ia
Cil qui fist ce decret sonia
Point na destat pour soy couurir
Ne le droit ne scauroit ouurir
Les drois sont par tout fauourables
Aux mariages honnourables
Sy suys tant hors du sens a payne
Du clerc qui loyaulment se mayne
Pour quoy sa premiere franchise
Ne luy est rendue et remise
Je voy bien par sainct iulyen
Quant homs se lye du lyen
Et faict tant quil est bygame
Jamays ne sera bien ayme
De clergie semble estre ennemys
Tous ses biens sont arriere mys
Trop empire a sa besoingne
Sy com le decret le tesmoingne
Le corbel prist estrange plume
Qui nestoit pas de sa volume
Sen demeure serf et hays
Et diffame par tout pays
Tout ainsy est il du bygame

Qui se fied sur aultruy escame
Hors loy est serf & condempne
Plus que homs en ce monde ne
Qui perd sa loy plus ny queuure
Le droit playnement le desqueuure
Que vous diroye ie long compte
Les bigames ont trop de honte
De prestrise sont deboutez
Se cause ya sy lescoutez
Quant raison est bien aduisee
Et en plusieurs pointz diuisee
Ne peust celebrer sacrement
Il est entier & proprement
Nature de desperite
Sont par ce point en verite
Plus ny doyuent communiquer
Luy contre vouldroit repliquer
Les sainctz peres du temps iadis
Dont ie vous nommeray les dis
A plusieurs femmes se couplerent
Et leurs mariages doublerent
Oncques moins heureux nen furent
Nen seruitute nencoururent
Jay pour moy bonne raison nee
Jacob auant la loy donnee
Se maria auec lya
Et puys a rachel se lya
Et espousa rachel a ban
Je my congnoys bien dez antan
Puys sans la loy du temps des iuges
Qui de ebreux furent refuges
Et le maria pere samuel
Que on ne tient pas a muel
Deux femmes eust lune fut anne
Et lautre sy eust nom susanne
Entre nous ou temps de la loy
Ne sommes pas de tel aloy
Mais infortunez au voir dire
Nostre condicion est pire
Quant homme perd pour ce son cueur
Est degrade de son honneur
Ne noz peres par bigamye
Jadis ne le perdirent mye
Ceste raison vne aultre engendre
Pour multiplier lumain gendre
La loy ancienne la mect
Que diray ie donc de lamech
Lamech fut le premier bygame
Sy ne scay se dieu en eut lame
Quoy que le corps soit deuenuz
Maintz maulx sont par luy aduenuz
Il fut chetif fol & volage
Aussy fist il chetif ouurage
Adam qui pecha par la gueulle
Neust femme fors que vne seulle
Mais lamech deux en espousa
Sy com moyses escript nous a
Lune fut adde lautre fut celle
Sur toutes deux monta sans selle
Et puys en alant son chemin
Occist le maleureux cayn
Et le tua dune sagette
Par derrier buysson ou hayette
Mal fut il oncques dadam ne
En sept doubles fut condempne
Lame scet toute sa sequelle
Par sentence ie ne scay quelle
Se lamech a la barbe lee
Dune sagette barbellee
Occist cayn par iguorance
Ny cheoit pas sy grant vengence
Ne sy tresgrant pugnicion
Pour charnelle occasion
Com destre pugny en sept doubles
Cil iugement fut assez troubles
Car quant cayn occist son frere
Bien le scauoit cest chose clere
Et lamech le fist comme aueugle
Trop plus mesprist le chetif veugle
Quant le fait des femmes emprist

Il pecha trop car deux en prist
Lautre fait ne le dampna mye
Tant comme fist la bigamye
Quoy que ihceremye en recite
Leure en puist estre mauldicte
Quant deux en prist ce fut grât deulx
Pourquoy les prenoit ambedeulx
Pourquoy doncques ne saduisoit
Que femme seulle souffisoit
A dix hommes ie diz a dix
Ne vauldroit aultre paradis
Les clers perdent droit et habit
Pour lamech a pour son despit
Dont vient tel droit quel raison est ce
Que le meffait daultruy me blesse
A malle fin puisse il venir
Pys ne me pouoit advenir
Na homme que destre bygame
Je nen puys mais sy ie le blasme
Car ce nest mye chose sainte
Helas que me vault ma complainte
Endurer fault la forfaicture
Car iay perdu bonne adventure
En forme dhomme devenir
Que ma franchise revenir
Ce me fait le droit de gregoire
Il nest herbe ne mandegloire
Qui y puisse mettre remede
Mon pleur aultre douleur concede
Et se ie me plains seulement
Qui suys depose tellement
Que nay cure de moy deffendre
Vraye response ny puys rendre
Qui me diroit tu es fraude
Mal feu soyes tu eschaulde
Ou tu peuz force propposer
Je ny scauroye riens gloser
Car en verite bien scauoye
Comme au contraire faisoye
Sy lay consenty et voulu
Et sy ne suys riens tolu
Par violence ne par force
Sy ne me vauldroit vne escorche
Car les drois me sont au contraire
Quant on scet bien que on doit faire
Fraude ny est point imposee
La chose bien consideree
Ainsy diniure ny a point
Qui y regarde bien apoint
Je lay sceu a consenty
Et men suys trop tard repenty
Ma raison est toute brayne
Je suys cause de ma ruyne
Et fut ma coulpe toute entiere
Mieulx me vaulsist gesir en biere
Ainssy soit il a mon vouloir
Bygame se doit moult douloir
Car il est cause de sa payne
Et sy est esperance vayne
Sy me esmerueil a grant plante
Comme nul hom a voulente
Soy allier en mariage
Qui est sy perilleux lyage
Je vouldroye quon escorchast
Chescun homme qui sefforcast
Quant sa premiere femme est morte
De prendre seconde consorte
Au moins sy le fait ny gaigeoit
Certes se perrette mouroit
Mieulx aymeroye me faire pendre
Quapprès elle aultre femme prendre
Mariage est sy fort langoureuse
La vie en est trop doulouréuse
Qui mon iugement en croiroit
Se maist dieu on brukeroit
Tous hommes qui se remarient
Apres ce quilz se despatient
Par mort de leurs premieres femmes
Tous sont confondus les bygames
Plato les excommunya

Car point de benisson ny a
Es nopces de leurs assemblees
Qui souuent se font en emblees
Pour doubte de chariuary
Pendu soit le chetif mary
He bigame bigamye
Le dyable vous faict marye
Tu me faiz les tourmens sentir
Dont ie suys tard au repentir
Mort viẽs tost a moy sans attendre
Contre toy ne me vueil deffendre
Viens a moy viens mort tenebreuse
Mort plus que mort: mort furieuse
Mayne moy en feu ou en braise
Ou brusler dedans la fournaise
Mort viens tãtost pour moy presser
Tant que ma douleur puist cesser
Je meurs et sy ne puys mourir
Ne riens ne me peut secourir
Je ne puys mais se ie lamente
En toute heure suys en tormente
Len dit que mort les maulx termine
Mais ceste douleur mon cueur mine
A vng coup mieulx finir aymasse
Que de mettre mes pleurs en masse
La mort dont ie meurs est amere
Las que ne le mapprist ma mere
Joye ne puys ne renoncer
Sy vueil a mon frere auancer
Et aux aultres quilz se guerissent
Que de celle mort ne perissent
De bon tresor ses coffres emple
Qui se chastie par exemple
SE vous voulez q̃ ie racõpte
De ma douleur ⁊ de ma hõte
Bien est raison q̃ vo⁹ sachiez
Cõme fuz prins ⁊ enlachiez
Je fuz baisie ⁊ acolle
Et fuz estain et affolle
Par doux regars par beau langaige
Tant que ie mys mon cueur en gage
En remirant la pourtraiture
Dung des plus beaulx corps de nature
Que ie sceusse en tout le monde
Auoit la cheueleure blonde
Resplendissant bien atournee
Qui lors sembloit estre aournee
Le front remply net ⁊ poly
Doulx visaige gay et ioly
Et les beaulx yeulx doulx et rians
Amoureusement guerrians
Le nez bien fait ⁊ la bouchette
Vermeille riant ⁊ doulcette
Souef flerant et par dedans
Tresbien ordonnee de dens
Bien assis faict cõme de cire
Sy bel quil ny eust que redire
La gorgette pollye ⁊ playne
Ou il napparoit nerf ne vayne
Le col blanc rondee par derriere
Les espaulles en la maniere
Les bras soupples pour acoller
Plus beaulx quon ne pourroit parler
Les mains blanches les doys traitiz
Les costes longues le corps faittiz
Et la facon de sa poictrine
Paree de noble tetine
Rondette poignant a eslite
Ne trop grande ne trop petite
Du port la maniere est seure
Et de rains belle compasseure
Ne trop large ne trop estroicte
Les piedz beaulx ⁊ la iambe droicte
Et tout ce qui dehors paroit
De sy grant beaulte laparoit
Quil ny auoit nulle deffaulte
Ne fut trop basse ne trop haulte
Dire me fault ains que ie hobe
La beaulte de dessoubz la robe
Doit bien estre consideree
Car la noble taille esmeree

Desiroit sa belle chair nue
Ne trop maigre ne trop charnue
La mote & les choses secretes
Auoit selon nature faictes
Conuenables a leurs delys
Les roses & les fleurs de lys
Palissoyent pour sa couleur
De la me sourdy ma douleur
Car quant ie vey questoit sy belle
Cest ce qui fist mon sens rebelle
Que riens ny eust a amender
Mieulx me vaulsist mes yeulx bander
Au iour que premier ladiusay
Et que sa beaulte tant prisay
Et son doulx visaige angelique
Desoubz sa forme sophistique
Las com lors peu de bien scauoye
Aduis mestoyt se ie lauoye
Que ie seroye dieu des dieux
De la me vient pys non pas mieulx
Je cuydoye monter aux nues
Et voler par dessus les grues
Tellement fuz damours rauys
Mon cueur tant com demoura vys
En portera douleur & peyne
Dedans marne ou dedans la seyne
En rosne ou en aultre fleuue
Du signe dit on que lon treuue
Quil chante quant sa mort aproche
Jay puys ouy mainte reproche
Mainte riote & mainte noyse
Mieulx me vaulsist noyer en oyse
TE me plains car par la veue
Fut ma science deceue
Beaulte p lueil mon cueur naura
Dont iamais iour repos naura
Fol est homs qui se tient en voye
Contre les dars quamours enuoye
Raison dist ailleurs que tous temps
Se font philosophes anciens
On ne doit mye tant aymer
Quon face de son doulx amer
Helas & pourquoy tant amay
Que pour aymer me bigamay
Ne me souuenoit du prouerbe
Du serpent qui gisoit en lerbe
Ne du malice femenin
En la queue gist le venin
Il nest sy saige qui ne peiche
Ne cy belle fleur qui ne seiche
Ceste que sy bien remiray
Pourquoy ie ploure & gemiray
Et qui ma fait mu & taisant
Estoit sy belle & sy plaisant
Angelique doulce & benigne
Que de iupiter estoit digne
Mais a la fin ien fuz mary
Oncques telz merueilles ne vy
Car orendroit est tant rapeuse
Corbee toussue & tripeuse
Deffiguree & contrefaicte
Que resemble chose deffaicte
Rachasse sy est ia deuenue
Toute grise & toute chenue
Rude mal entendant & sourde
En tous ses faictz & vil et lourde
Le pys dur pendans les mamelles
Qui tant souloyent estre belles
Sont froncees noires soullies
Com bourses de bergier moullies
Yeulx a rouges larmeux & caues
La goutte au nez & tousiours baues
Esbahy suys quant ie remembre
La deffacon de chescun membre
Ou tant auoit ouure nature
Or est sy laide creature
Qua regarder est moult horrible
Et par dedans est mal paisible
Triste pleyne dennemytie
Et tousiours tance sans pitie
Quant on la regardoit iadis

Il sembloit que de paradis
Fust deesse au doulx viaire
Tant estoit simple et debonnaire
Or est ridee et crueuse
Grant tanceresse et batailleuse
Cest grât douleur nen doubtez mye
Quant femme vient sy terupe
Quant la doulce tendre lectue
Devient rousse et malousttue
On la cueille pour hors getter
Ranerdit ne peut pour tremper
Sy vouldroye par mon serement
Que ie peusse sy bonnement
Celle pour qui bigame suy
Gecte dehors tout aultre sy
Quât ie la voy le cueur me tremble
Nest merveille car il me semble
Qua moy tous têps estriuer vueille
En elle a trop amere fueille
En elle est la rose amortie
Et sy point plus fort que lortie
Lamour y fault sy y croist hayne
Douleur courroux regret actayne
Se ie dy beu elle dist bou
Nous sommes côme chien et lou
Qui sentrerechynent es boys
Et se ie vueil auoir des poys
Elle fera de la poree
Tant est de mauluaise coree
Se ie la reprens elle tourmente
Ne cuydiez pas que ie vous mente
Tant de maulx souffrir ne pourroye
Aincoys a mon vouloir mourroye
Se ceulx qui sont en mariage
Ne souffroyent tel cariage
Sy que ie fais las sur tous las
Mais len dit que cest le solas
Des chetifz auoir compaignie
Et pource ne laissent ilz mye
Dauoir mieulx contre leur vouloir

Et sy le fol se doit douloir
Destre seul sa douleur angroisse
Par cest orloge ay grant angoise
Nulle heure de noiser ne cesse
Et destre tousiours tenceresse
La langue de femme noiseuse
Nest oncques de noiser oyseuse
Le son de la cloche surmonte
Femme noiseuse ne tient conte
De chose qui soit saige ou fole
Fors que len oye sa parole
Elle poursuyt sa voulente
Riens ny a sur rayson ente
Aincoys luy est chose impossible
De penser a chose loysible
Ne veult que son mary domine
Mais contre ses faictz abhomine
Soit bien ou mal le conuient faire
Et le mary souffrir et taire
Sil ne veult estre lapide
Nul hom tant soit il aduise
Ny scet proprement pourueoir
Tant y puist il clerement veoir
Ce quelles ayment il fault aymer
Et ce que heent fault blasmer
Et reprouuer ce que repreuuent
Tant que leur intencion prouuent
Dont aura assez a souffrir
Cilz qui a ce se veult offrir
Quinze foys de nuyt et de iour
Aura passion sans seiour
Et sera tourmente forment
Certes ie croy que ce tourment
Surmonte les peynes denfer
Aux lyez en feu ou en fer
Quant il ya faulte de viure
Et le mary assez nen liure
Les femmes dient cest la somme
Que cest par la faulte de lomme
Et sil na des choses assez

Et des biens pour viure assez
Qui vient de leur prosperite
Ja nen dira riens dequite
Les biens des hommes riens ne prisent
Ains les confondent et desprisent
Les biens a elles attribuent
Disant quelles fillent et buent
Et que de lostel ont la cure
Se le mary par auenture
Fait vingt choses dont lune vaille
Ne la priseront vne maille
Enuers les gains quelles feront
Mieulx a lostel prouffiteront
Trops touailles par elles fillees
Ou ont leurs oeuures employees
Plus que tous leurs emolumens
Faictz a cheuaulx ou a iumens
De terre ou cent arpens sont
Entreulx serpens tesmoingne lont
Et diront contre val les rues
Que tout ce que beuf et charrues
Peuent par labourage rendre
Il le conuient ailleurs despendre
Mais ce que vient de la quenoille
Il leur semble que trop plus vaille
Et nuyt et iour soustiens lostel
Chascune se donne los tel
Que la quenoille riens ne gaste
Mais la charrue trop degaste
Des beufz il conuient: es greniers
Fain: auoyne: mailles: deniers
Herbergerie rastel et besche
Pour rasteller la terre en fresche
Fourche flaiel van et houel
Tout ce il fault ou vng ou el
En despans auant et arriere
Et se leguille a cousturiere
Est mise auec la quenoille
Trop bien besoigne a merueille
Et dient quen toutes saisons
Gouuernent trop bien leurs maisons
Les femmes se dient tout faire
Et de leurs mains font le contraire
Dont par force sont vainqueresses
Car ilz sont trop grans iangleresses
En leurs faitz de raison na point
Ja ne les prendres sy apoint
Telle com lautre est: telle est lune
Soubz le souleil et soubz la lune
Dune mesmes condicion
Et de faulce intencion
Contre bonnes meurs ilz excedent
Nature quilz ont dont procedent
Sy les gouuerne a ce faire
Et contrainct par tel exemplaire
Que leurs mariz font estre serfz
Et leurs droiz plus cornus que cerfz
De femmes est trop grant meschief
Quant dommes dient estre chief
Entreulx quant ilz sont en priue
Soit il estrange ou priue
Chascune en dira a sa guise
Pour tousiours auoir la maistrise
Les femmes par leur reuerie
Est lordre des conseilz perie
Ce nest pas merueille trop dure
Se le mary nulz temps ne dure
Contre sa femme mal piteuse
Enuers sa femme rioteuse
Qui souuent leur fait aprester
Car nul hom ne peut contreter
Non feroit dieu au mien cuyder
La place luy fauldroit vuyder
Qui le voir en oseroit dire
Car il nest rien de femme pire
Leur mauluaistie encommenca
Despuys le temps adam en ca
Oncques puys qui luy meschéit
Femme a son mary nobeit

Matheolus.

¶ Comment guy trouua soubz symon
Sa preudefemme sy fist mon
La quelle cria sy treffort
Que guy dist mamye iay tort

Oultre les tancõs et les lymes
y six manieres de sophismes
La fẽme mayne lõme a mete
Droit est q̃ e pẽple do9mette
De leur preuaricacion
Vne sophisticacion
Par la langue est bien prouuee
Guy noit sa femme trouuee
En sa chambre dessoubz symon
Qui satrappoit pres du lymon
Apres leuure guy se courrouce
Vers sa femme rechyne et grouce
Et luy dit va ten folle femme
Dieu te confonde corps et ame
Ta mauluaistie est manifeste
Lors fut sa femme toute preste
De son mary redarguer
Et luy dist me veulx tu tuer
Dy que sur moy trouuer tu as
Pourquoy ainsy mauldite mas
Pourquoy es tu ainsy martir
De toy ie me vueil despartir
Lasse pourquoy mal parler oses
De tel fait que sur moy imposes
Ainsy fut bien deceu mon pere
Car il cuyda veoir ma mere
Que soubz aultruy se marioit
Mais sa veue se varioit
Bien scay que ma mere fut morte
Par tel fait de semblable sorte
Et aueuglee tellement
Chier mary dy moy quellement
Tu as pense celle folye
Dont vient celle melencolye
Chier mary me veulx tu destruire
Tue moy ou me laisse viure
Sans forfaiture et sans raison
Tu seroyes trop maluais hom
Dy moy que veulx tu que ie face
Et tantost le chetif lembrace
Et luy dit seur ie vueil ta vie
Car se tu estoyes rauye
Du siecle sy com fut ta mere
Ta mort me seroit trop amere
Lors dist elle il conuient doncques
Que tu recongnoisse que oncques
Sur ce fait ne fusses coulpable
Ou ie mourray sans nulle fable
Or dist tantost que cest mensonge
Et qui est aduenu en songe
Car par pareilles destinees
Sont mes deuantieres finees
A ce point ne sceut que deffendre
Le mary nyce sans attendre
En la presence des voisins
Des commeres et des cousins
La main mist encontre son pys
Disant qui auoit mal aduis
Et par serement se repentoit

Et iura que menty auoit
Que a tort lauoit acusee
Et sans cause la diffamee
Dont luy mesmes doit len huer
Qui se laise redarguer
Auec la langue & la veue
Par le sophisme trop deceue

¶ Comment Verris pres sa chartrue
Fut dune femme de sa rue
Vaincu de lorrible diffame
Ou il auoit trouue sa femme

Verris assez le no⁹ tesmõgne
Cellup verris vit ē besõgne
Sebille sa femme espousee
Desoubz vng hõme fut posee
Le fait et leuure renya
Et iura que coulpe nya
En luy affermant le contraire
Le bon homme ne sceut que faire
Ne scet le quel des deux il croye
Adonc deuient plus blanc que croye
Le chetif fut tout esbahy
Et pensa quil estoit trahy
Filant ala a sa chartrue
Vne voisine de la rue
Laquelle estoit du fait aprise
A son seinct vne buche a prise
Ce fut banchis la dame saige
Pour mener a fin son messaige
Vint aux champs de malice playne
En filant de la rouge layne
Et sy en portoit de la blanche
Musee au pres de sa hanche
En basse voix a salue
Cellup qui estoit bellue
Il luy respond incontinant
Que querez icy maintenant
Ne quel auenture vous mayne
Tantost mussa sa rouge layne
Celle de malice couuerte
Et en apres com bien apperte
La blanche mist en sa courroye
Quant ce vint au bout de la roye
En sa quenoille le changea
Par grant contraire lestrangea
Adonc le bouuier sesmerueille
Quant il vit blanche la vermeille
Moult fut pensif & toutes voyes
Quant il eut laboure troys royes
Luy enquist que cestoit a dire
Elle respondit iay grant ire
De ce que tant de testes auez
Je ne scay se vous le scauez
Mais ie les voy appertement
Non ay dist il certaynement
Il tasta son chief tout pensy
Qui bien cuy doit que fut ainsy
Et puys a dit que bien scauoit
Que la veue faulce auoit
Que sebille estoit voir disant
Et qua tort laloyt desprisant
Banchis en faulcete abille
Luy iura adonc que sebille

Pour tout le monde entierement
Ne luy feroit faulx serement
Certes verris bien fait acroire
Sebile vous dit chose voire
Ainsy banchis la coustumiere
Luy fist beluer la lumiere
Dit fut que lueil ne la veue
Nauoit pas la chose veue
Ainsy seroit homs redargus
Sil auoit tous les yeulx argus
Puis que femme le prent en cure
Femme de verite na cure
Et confuse latouchement
Femme dit que la touche ment
Par argumens et par falaces
Par plusieurs exemples et farces
Mais ung pour briefte doit souffire
Aultressoys auez ouy dire
Comment framery sy trouua
Lamy de sa femme et prouua
Que en son lit par nuyt obscure
Hocher faisoit sa couuerture
Fort le fery sur les cheueulx
Et le dist prent ce se tu veulx
Pourquoy es tu icy venu
Larron tu seras bien tenu
A sa femme dit framery
Doulce seur bien sera marry
Mais que bien le puisse tenir
Sa femme en laissa conuenir
Et ala querir le pestail
Il auoit leans du bestail
La femme qui ne fut pas pure
Son amy franchement deliure
Et amena lasne en son lieu
Qui du messfait paya le treu
Par le fol conseil de sa femme
La quelle couuroit sa diffame
Framery haulce et sesuertue
Et son asne fiert et le tue
Sy que du pestail lassomma
En ferant larron le nomma
Puis aluma de la chandelle
Et quant il vit la grant cautelle
En plourant luy fist triste feste
Et luy dist brunel bonne beste
Pas ne lauoye desseruy
Trop mal a toy aduiser vy
Lors la femme se recoucha
Et iura quaultre ny toucha
Et que nul aultre ny senty
Toutesuoyes elle auoit menty
Framery cuidoit par sainct cosme
Que ce fut songe ou fantosme
O sa femme sala couchier
Sy comme vous lauez touchier
Fut redargu par cest exemple
Qui nous est baillee assez ample
A mete de faulx est mene
Le fol mary mal assene
De femme ne se peut deffendre
De la lune nous font entendre
Par exemple et par reuel
Que ce soit vne peau de vel
Combien que ce soie impossible
Veullent prouuer que cest loisible
A croire ce est plus grant chose
Nest nul qui contredire lose
Ne soustenir alencontre ains
Estoit par grant amour contrains
Ou pour tancon ou leur acroye
Et quon dye que lon les croye
Faindre et dissimuler comment
Bien le scay et bien men souuient
Cest merueille quant femme tonne
Car a tous les dyables se donne
Affin que pource soit creue
Jamais nen seroit receue
En pariurant faintement ploure
Tant plus ment et tant plus fort iure

Mains y croy car voir ne scet dire
Et se voit dist lors rougit dire
Des exemples y a assez
Qui cy ne sont pas amassez
De trop parler de leur affaire
Car iay assez ailleurs a faire

¶ Comment salomon tant folastre
Pour femme fut fait ydolastre
Et pour femme qui me remort
Menge a le morseau de la mort.

Les fēmes salomō vainq̄rēt
Et en la fin le desconfirent
Par fēme fut son corps pene
Et par leurs blandices mene
Jusqes a mettre de cuyder
Hors de loy le firent vuyder
Pour les ydoles adourer
Oncques ne sceut tant labourer
Que il y peust mettre remede
Fraude de femme tant exede
Art ne raison ny vault pas maille
Quant homs les croit que il ne faille
Que dedans ses las ne soit cheu
Quant salomon en fut deceu
Lors de son meffait se douloit
Et dit que recouurer vouloit
Labusion quil auoit pris
Dont par cuyder estoit surpris
Lors fut mene par la cite
Par deuant luniuersite
De tous ceulx q̄ le vouldrēt veoir
Mais oncques ny peut pourueoir
Puys que par souerain destroys
Fut pris le plus saige des roys
Salomon plain de sapience
Et quil abusa de science
Par femmes et par leur riote
Doncques est fol et ydiote
La personne qui croit parolles
De femmes qui sont ainsy folles
En la fin en a mal loyer
Plourer gemir et larmoyer
En tourmens et grans et petis
Sy com ie suys qui suys chetis
Le plus chetif de tous clame
Pource que ie suys bygame
Serf des serfz en toute maniere
Et tourne ce deuant derriere

¶ Comment par femme somme toute
Fut cheuauche aristoute
Qui ne leust veu neust pas cuyde
Que iamais se laissa bride.

Fēmes sceuent plus dune note
Commēt appert par aristote
Peryarmenias elenches
deuisees en plusieurs brāches
Priores posteres et logique
Ne science mathematique
Car la femme tout surmonta
Lors que par dessus tous monta
Et vainquit des mettes le maistre
Au chief luy mist frain ⁊ cheuestre
Mene il fut a silogisme
A barbarisme ⁊ a risisme
Son cheual en fist la moynesse

Et le poignoit com vne anesse
La iointure trop se hausa
Lors quant le masle cheuaucha
Le gouuerneur fut gouuerne
Et comme cheual pourmene
Elle est aiouc et il souffroit
A hannir soubz elle souffloit
La fust lordre prepostere
Ce dessoubz dessus au contraire
Et confondu car mal sacorde
Psalterion hors de sa corde
Et certes ceste cheuaucheure
Fut incongrue et mal seure
En ce fut grammayre trahye
Et logique bien esbaye
Las ne scauoit parler nature
Pource que par venus luxure
Est aux decretz interdicte
Leure en peust estre mauditte
Quant tellement se supposa
Et qua tel fait penser osa
Il cuydoit appres cheuaucher
Pour soy en amour exaulcer
Mais deceu fut et mal garny
Car par elle fut encharny
Elle le deceut en science
Quelle neust point de conscience
Au descendre dessus la crouppe
Trempe estoyt comme vne souppe
Je ne scay par quelle folie
Ou maniere de moquerie
En sa ioye ne peut entendre
Quant sa verge ne pouoit tendre
Nature dampne le vieillart
Oultre pouoir par son viel art
Qui plus en prent quil ne peut fayre
Double peche luy est contraire
Des cheuaulx la condicion
Auoit selon mentencion
Cy scauoit force de nature
Et de rayson et de droiture
Pour quoy ny vindre ilz le cours
Pour quoy ne firent ilz secours
A leur ministre et a leur maistre
Je ne scay comment ce peut estre
Que diront les logiciens
Et leurs sophismes anciens
Quant leur docteur et leur seigneur
Fut a confusion greigneur
Oncques mais ne fut fol tondu
Plus ne peut estre confondu
Las que dira philozophie
Quant figure demphibolie
A nostre grant maistre deceu
Oncques tel mechief ne fust sceu
Femme fust cheualier et homme
Fust le cheual portant la somme
Embride soubz barbe chenue
Par ses abus est auenue
Aux anciens continuelle
Confusion perpetuelle
Des maulx loups soient ilz meges
Car ne sen sont despuis venges
Ce liure preuue cleremment
Ou que soye et quelement
Je suis mene a ceste mette

Nest qui remede men promette
Car ma femme est trop mal charmee
Tousiours est de tancons armee
Dont ie suys mys en grief tormente
Je souspire ploure et lamente
Jay pire mal que fieure quarte
Comment mettray en ceste quarte
Je ne la scay intituler
Fors que de plorer et huler
Car femme sy a tel vouloir
Que tousiours veult noise esmouuoir
Et affin quelle puist troubler
Son mary elle fait doubler
Voyre repeter dune pose
Bien dix foys vne mesme chose
La chose troys foys recitee
Veult en court estre repetee
Car par derrier loreille tende
Semblant fait que point ne lentende
Fors que son mary courroucier
Le bon homme nose groncier
Vueille ou non fault que paix quiere
Pour doubte quelle ne le fiere
Elle glose tousiours le pyre
Ainsy ne scet lomme que dire
Et ne scet lequel il doit faire
Car il voit bien qui ne peut plaire
Soit en plourant soit en taisant
Son fait est tousiours desplaisant
Et luy dit la male ennemye
Que pour houneur ne luy dit mye
Adonc est moult fort assailly
A riote na pas failly
Contre soy est tendu le las
Que fera donc le pouure las
De quoy se pourra conforter
Trop a pesant faiz a porter
Car les tancons des males gloutes
Des mal paisibles pres que toutes
Surmontent fieure continue
Leur riote trop maintenue

Trestous les sens dhomme se deulent
Il ont droit de plaindre se veulent
Des femmes et de leur oultraige
Puys quelles sont en mariage
Lomme sont troublez et irez
Tant que ses sens sont empirez

Premierement nest pas merueille
Noise fait absourdir loreille
trop nuyt son de feme q noise
Je le scay biẽ dõt il me poise
En femme na point de silence
Car par la censible excellence
Est le sens dhomme corrompu
Dont ie suys sourd et tout rompu
Ceste horreloge tousiours sonne
Tout estourdist et tout estonne
A crier tant se determine
Que louyr me destruit et myne
Apres tel torment demayne
Quon voit de mes yeulx la fõtayne
Pissoller contre val ma face
Force de plourer mes yeulx efface
En plourant toute se defflue
La substance de ma veue
En mes larmes na nul seiour
Je veille de nuyt et de iour
Par riote me conuient faire
Tout ce qui est aux yeulx contraire
Il nest riens qui peust trauailler
Les yeulx tant com fait le veiller
Ma femme contre moy reuelle
Mon chief par tancons esseruelle
En mes yeulx apparent les fosses
Tant on gette de larmes grosses
Dont ma lumiere nest pas vraye
Pour veoir fort quant le souleil raye
Et en apres pour la foiblesse
Du rumeur qui mon ceruel blesse
Mon nez ne peut riens adorer
Roupies me faisoyent plourer
La narryne dumeurs emplye

Qui la colere multiplie
Et fait aler le materel
Jusque au col ou haterel
On dit quant le chief est enferme
Il ny peut auoir membre ferme
Mon cueur est oppresse par ire
Certes ie nay talant de rire
Le chief me deult ne suys pas aise
Desuoye suys par tel mesaise
Apres iay perdu le gouster
Au goust ne puis riẽ adiouster
La fẽme par vsaige muche
dessoubz mortier ou dessoubz huche
Ce que a son mary doit plaire
De lorde viande qui flaire
Luy offre quant il veult manger
Crueusement sen fect venger
Elle recond la viande bonne
Et de la mauluaise luy donne
De celle quon doit reffuser
Sy ne fect de son goust vser
Sy veult poys elle fait porce
De raues ou de cicorce
Sy veult poisson la chair apreste
Tant est elle maulvaise beste
Sil veult vin il aura seruoise
Ainsy men est ou que ie voyse
Ainsy perrete me tormente
Ce la viande estoit sanglante
Il fault que mengeue ou boyue
Et que maulgre mien le recoyue
Je nen puys mais se ie la doubte
Elle met sa pensee toute
A me troubler & empescher
Rien ne my vault tout mon prescher
Sy ie veueil blanc pain ou gastel
Elle retorne le cas tel
Que iay gruau plain de leuain
Affin que plus me semble vain
De la langue mal aornee
Mal disant et desordonnee
Vueil icy congnoistre ou nyer
Dieu la vueille excommunier
Et en parler adoublement
Pourquoy ie perys doublement
Ma langue nose barbouyllier
Tant craintz celle de ma moullier
Quant est presente elle matourne
Tant que de fait elle retourne
Ma parolle & est cassee
Par sa faulce iangle trouuee
Dire ne scay ne riens retraire
Du temps passe que le contraire
Ne dye aussy et du present
Que ce nest que rigolement
Mon nom diminue & diffame
Et toutes mes parolles blasme
Je suis tout seul ne sont pas truffez
Car moult souuent me sont de buffez
Je dy au temps que ie pouoye
Et courtilz puissamment fouoye
Deux foys ou trois sans demourer
Bien y scauoye labourer
Et toucher a la molle cuysse
Mais con orendroit plus ne puisse
Toucher ne labourer perrette
Que pou ou neant car ma pharrette
Est vuyde & mon arc ne peut tendre
Dont ie nay de quoy moy deffendre
Si me fault faillir a ma proye
Perrette forment me guerroye
Et touche fiert & esgrataigne
De ses ongles par grant attaigne
Souffrir me fait ses felonnyes
Car mes bourses sont mal garnies
Ha que bien me doit desuoer
Souuent me souloye iouer
Par grant soulas au temps deste
Or ay ie passe et este
En yuer suys qui me deueure
Nulle puissance ne demeure
Or en diroye bien voir sans doubte

Jen ay perdu ma vertu toute
Bien voy que impotence nuyt
A moy plus dune foys la nuyt
Jadis souloye soulasser
Et accoler & embrasser
Orendroit plus ne me soulasse
Par ce que suys froit comme glace
Et celle femme que ie pris
Ses droiz requiert souuent de pris
Que ie luy reffuse a payer
Je fays le sourd pour delayer
Elle tance en audience
Et ie vueil par impacience
Tout laisser & tout reffuse
Et se iay demy iour vse
Perrette double & fait grant noise
Lors est enuers moy mal courtoise
Point ne se cesse ne repose
Tous les drois allegue & propose
Mon impotence est anuncee
Et dit se la borce froncee
Ne peut payer le droit pour elle
Que iauray peyne corporelle
A ses ongles me vient pillier
De mes cheueux plus dung millier
Par fureur derompt & arrache
Le sang fait yssir de ma face
Tel fait chascun iour renouelle
Celle mauldicte perrenelle
Riens enuers elle est tout cler
Ny vault espee ne boucler
Je suys vaincu ou ie pers place
Souuent appert sur moy sa trace
Mon varlet lors commēt quil aille
De loing regarder la bataille
Et nose vers nous accourir
Ny ne moseroit secourir
Trop craint celle qui se rebelle
Qui enuers moy est ainsy felle
Que ne le preigne par la barbe
Quant il voit quainsy se rebarbe
Encontre moy & suys tenus
Arrier sen fuyt les pas menus
Bien voit que le lieu nest pas seur
Dehors mattent derrier le meur
Adonc y suruint la nourrisse
Et crye hault com fole & nyce
Dame vecy se dieu me sault
Le garcon qui a fait le sault
En la ville sen va esbatre
Tout par moy me laisse debatre
Et sen va par my la maison
Murmurant contre le garcon
Par sa gueulle soit il pendu
Je luy auoye deffendu
Quen la ville il ne trotast
Couru y est plustost qung rat
Il nest riens que il vueille faire
Fors que de bien tout le contraire
Bien resemble la perrenelle
De malice et de cautelle
Et la nourrisse daultre part
Sy dist le grant dyable y ait part
De la maison toute la cure
Et de lenfant la nouriture
Jen ay la peyne se maist dieux
Les nourrisses es aultres lieus
Ne sont pas sy tresmal menees
Chieres tenues & honorees
Sont par tout il nya nourrisse
A qui len ne face seruice
Et les maignie3 qui les seruēt
La grace des dames desseruent
Bien scet la nourrisse proposer
Quel doit dormir & reposer
Boire et menger a voulente
Affin quelle ait lait a plante
Puys dist quon donne a grant randon
Ailleurs a chascune grant don
Or dist cest seigneur iay seruir
Puys leure que mys a seruir
Autant de mon prouffit y fais ie

Comme dabenner le riuage
Je suys alup mal assuree
Bien voy que suys infortunee
Car les aultres sont plus heureuses
Et ne sont pas tant curieuses
Grant peyne est ceans amassee
Combien que ie soye lassee
De ce que toute iour traueille
Sy conuient il que par nuyt veille
Lors la nourrisse mal estable
Sen va droit a luys de lestable
En tessant mon cheual deslye
Et qui pis est par sa folye
Le bat et le met en exil
Hors la pluye ou au gresil
Cest despit me fait la truande
Sy com sa dame le comande
Et sil auient par auenture
Quil demeure soubz couuerture
Apres les tenssons vrayement
Sera establez pourement
Quant perrete me veult tencer
Sa nourisse fait commencer
En son ayde sabandonne
Et le droit a sa dame donne
Se perrete dit en huant
Que ie soye chieure puant
Lors ma notisse luy temoigne
Et seurement de la besoigne
Dont scay que point ne mayme elle
Et si na lait en sa mamelle
Lors lestraint semblāt fait du trayre
Puys fait lenfant crier et brayre
Secretement luy fait moleste
Tout ce fait la maukuaise beste
Pour moy courroucer et greuer
On ne la peut du lit leuer
Lorde nourisse paresseuse
Nice iangleuse et rioteuse
Enuys la voit on iamays rire
Mais bien cet tencer et mauldire
Quant on luy dist quelle se lieue
Leure dappeller nest pas briefue
Enuys se lieue la chetiue
En murmurant tance et estriue
Et suppose quapelleroye
En veillant faint que ronfler doye
Sil auien bin que son cul soufle
Aucuneffoys quant elle rouffle
Et quant par crier est contrainte
Prestement par parolle fainte
Respont et que voules vous sire
Lieue sus viens sy lorras dire
Il est nuyt encour dormiray
Quant sera iour a vous iray
Jour est ie le voy playnement
Or lieue sus appertement
Adonc se plaint a haulte voyx
En dieu dit elle ie la voix
Lieue sus sans demourer va
He dieu quel homme est cella
Je cherche ma cotte crotee
Et quel dyable la ma ostee
Or sus haste toy ie suis preste
Puys ca puys la torne la teste
Puys prent ses membres a grater
Ou les estent pour dilater
Je voys ie voys se dit souuent
Mays du venir ne tient couuent
De paresse cest sa facon
Et tardiue com limasson
Perete a hault crier seslaisse
Que cest qui dormir ne vous laisse
Nous ne pourrons huys mays durer
Nous auons asses a curer
Cest bien voir certes ie vouldroye
Quil fust ou ie sohaideroye
De nous seroit asses derriere
Et puis dit a sa chamberiere
Mal says point ne te leueras
En son despit riens ne feras
Nobeys pas a sa demende
Nen fays riēs puis quil le commāde
Par le crucifix cesse fable

Son varlet gist dedans lestable
Sil veult sy le voise appeller
Quant ioy perrete caqueter
Je me tays sil fault faire pose
Ses tanceries sont sans glose
De moy laidir est corageuse
Et de trop parler outrageuse
Quant fureur en son corps procede
Il est force quon luy concede
Se ie dy mot elle me touche
De la palme pres de la bouche
Quant contre moy la voy mouuoir
Vuider me faict par escouuoir
Je sens trop mal partir mon ieu
Par dela les mons de mongeu
Ou asses plus loing deurope estre
Ou dela paradis terrestre
Las pourquoy suis ie ne de mere
Tant oppresse en grief misere
Las pour quoy ou tenebreux centre
Ne suis perilz dedans le ventre
Las pour quoy vifz chaulz et hale
Par les ongles qui mont pele
Il me fait languir en griefz peines
Toutes mes prieres sont vaynes
Daultre part vuyde est ma prouesse
Mes dons sont vains ma vertu cesse
De pis auoir suis defiez
Mes cincq sens sont mortifiez
Mes yeulx ne peuent regarder
Car grant langueur les fait garder
Tant me griefue veoir a lueil
Comme charestons au souleil
Je ne puys agoust sauourer
Ne ie ne puys riens adorer
Puis ne scay tater de mes mains
Tant comme souloye mais mains
Et de mes oreilles noy gouste
Ainsy se meust ma vertu toute
Nature est en moy afoyblie
Toutes ces choses y oblie

E qui iadis souloye faire
Les beaulx ditiers et a chief
Dedās lestude florissāt trare
En ma liesse nourissant
Ay du temps non pas par vieillesse
Mais par riote qui me blesse
Deuenir me fait decrepit
Sans auoir terme ne respit
En dormant ie songe batailles
Pis en la fin quaux comencailles
Jay mon sens tousiours bataillant
Et en dormant et en veillant
Nest pas merueille sy mennuye
De languir en sy dure vie
Vie mest pire que la mort
La mort cesse quant elle mord
Mais ce torment tous temps me dure
Et sy conuient que ie lendure
Par moy qui meurs a grant martire
Doit on a tous les aultres dire
Que ceulx de marier se gardent
Et qua cest exemple regardent
Pour echeuer femme ⁊ son art
Quant la prochayne maison ard
Ou len y voit le feu bouter
On doit de la sienne doubter
Sil est aulcun sy papelart
Qui de femmes ne saiche lart
Cy endroit en dite on lise
Et les bons motz pour soy eslise
Il trouuera enseignement
Mais quil en vse saigement
Tu qui liras dedans ce liure
Faiz que des femmes te deliure
Sy tu voys leurs oppinions
Leurs meurs ⁊ leurs condicions
Que ie diray sen ay licence
Bien croy que par iuste sentence
Deuers ma partie seras

Et par droit les condempneras
La femme est tousiours rioteuse
Jangleuse dure et depiteuse
La paix est par elle banie
Arebours dit la letanye
La parolle dieu et la messe
Souuent mauldit en sa promesse
Ma femme les tenebres chante
Et lamentacion ie hante
Elle mauldit a chescune heure
Ou elle tance ou elle pleure
Chascune femme dit et note
A son mari ceste riote
A toutes heures chante et sonne
Trop parest peruerse personne
Aux respons fault crier et braire
Pour les tenebres contrefaire
Par ve chante sa letanie
Et si me mauldit et anye
Toutes heures ainsy commence
Ou elle pleure ou elle tence
Le mary loyt vueile ou ne vueille
Sil est sy hardy qui sen dueille
Par vng mot auroit vng millier
Il fault quil vuyde le callier
Et que de sa maison tost ysse
Tant luy fait la desloyal lisse
Quil conuient que lomme sen fuye
Il est vray que femme et pluye
Et femme tancant sans raison
Chassent lomme de sa maison
Quant la femme tance et debat
Souuent comence le debat
Leauue pourrist et la fumiere
Gaste les yeulx et la lumiere
Et les fait par force pleurer
Ainsy ny peut plus demourer
Affin que la riote meuue
Dira que bien souuent le treuue
Son mary prins en adultere
Ainsy iamais ne se peut taire

On fiert lenfant affin quil braye
Et na talant quelle rapaye
Le poisson sans eaue habiter
Ne peut femme sans labiter
Et sans tancer aucunement
Dont te dy ie certaynement
Entens bien ce que tu lis que
Elle resemble au basilique
Cest vng serpent dont dieu te gart
Les gens occist de son regart
Retiens bien pour toute doctrine
Le fouyr en est medecine
Trop plus asseur seroit ly.hom
Auec la serpent.ou lyon
Quauecques femme qui estriue
Je leprouue per raison viue
Tu peuz toutes bestes sauluaiges
Doubter par lieux et par bocaiges
Par art ou par subtilite
Les mener a humilite
Ce ne peuz faire de lespouse
Pource quelle est trop orguilleuse
Se tu pouoye vng empire
Par ta bataille deconfire
Ne pourroys tu femme vaincre
Ce me dist listoyre du paintre
Et lescripture le temoigne
Il nest nul quil ne la ressoigne
Se le veoir en est cognoissant
Il nest homme tant soit puissant
Quil ne soit en la fin vaincu
Par la femme et son escu
Vecy lexemple que lon nomme
Amontreul eust vng ieune homme
Appert et hardy merueilleux
Fumeux estoit et batailleux
Ja brigue ny fust echappee
Tousiours auoit main a lespee
Il ne doubtoit estoc ne taille
Et ne queroit que la bataille
Tant fust de peruerse nature

Que de paix trouuer nauoit cure
Albar il estoit sy felon
Quil nauoit ne frain ne raison
Tant ala et tant charia
Quen la parfin se maria
Comme folz et oultrecuidiez
Chetifz et de tous sens vuydiez
En mariage se bouta
Et de paix il se rebouta
Quant il fut du lyen lye
Dempte fut et humilie
Car il trouua femme rebelle
Qui les pompes du fol rappelle
Comme deesse de la bataille
Ses coustures luy retaille
Il nest sy hardy quil nestriue
Car il ne scet ne fons ne riue
En ce point peut de dueil creuer
Il nose le sourcil leuer
Vers sa femme quant elle iure
Que ne le preigne par la hure
Il ne cuydoit pas que fut telle
Sy luy conuient trouuer cautelle
Quant sa femme le molestoit
De la maison ou il estoit
Sen despartoit en tapinage
Et sen aloit en voysinage
A ses compaignons lamenter
Et de ses douleurs dementer
Il fut sy ramene de meures
Que las se clame en toutes heures
En plourant fort se mauldisoit
Et soy mesme despetissoit
Par impacience meue
Comme chetif et mal heure
De ce que marie estoyt
A celle qui le tempestoit
Il ne me sceut faire le semblable
Je lieue du lit ou de table
Je nose pas donne responce
Ains men fuys mussie et esconse

Pertrete me fait pestilence
Plus la crains que mal de pilence
Car ie scay bien que son tonnoirre
Ne se peut pas conuertir ne taire
Sans fouldroyer ou tempester
Pource ny ose arester
Je men fuis ou treues requier
Car mathe suis en leschiquier
Sy te pry que bien ten souuiengne
Que tel meschief ne ten aduiengne

¶ Comment calfurne son proces
Plaidoit a la court des epces
Et apres son tort pour reffuge
Alla monstre son cul au iuge

Dhastie toy par tel memoire
Car a lespert ē doit on croire
Certes aincoys ne cesseront
Les oyseaulx plꝰ ne chāterōt
Ne les gresellons en este
Que femme ait telle poteste
Que la langue peut retenir
Que mal qui en doypt aduenir
Calfurne en fut bien accroppie
Plus iangleresse quune pie
Car pas ne plaidia saigement

Son cul monstra en iugement
Par son fourfait tant desservy
Que toutes femmes asservy
Chascune est privee et chacie
De porter fait dauocacie
A toutes fit femmes dommaige
Par sa langue par son oultraige
De sa langue sont heritieres
Et de sa coulpe personnieres
Par raison de succession
Pource par condempnacion
Par droit sy com iay entendu
Leur a len tousiours deffendu
De iugemens examiner
De nulles causes patronner
Aussy lisons dune iuyse
Marie la ce iour moyse
Jangleuse fut et orgueilleuse
Pour sa iangle devient lepreuse
Percusse de meselierie
Chier compara sa iangierie
Pourquoy fut la corneille noire
Aulcuns acteurs no^s font a croire
Que iadis souloit estre blanche
Or est muee sa semblance
Pource quelle fut iangleresse
Et mesdisant et menteresse
En congnoissance de ses blasmes
Quainsy fussent ores nos fẽmes
Muees par vertu divine
Ainsy par diverse ruyne
Silz estoient a mon vouloir
Nul hom ne sen devroit douloir
A lennemy en verite
Fut pour la femme recite
Que dieu en qui tout bien habonde
Eust donnee grat paix au monde
Sil osta les langues mauldictes
Aux femmes de parler mal duictes
Par femme sourt et meut la guerre
En maint pays en mainte terre
Sy semble que par raison folle
Leur fut donnee la parolle
Qui oseroit dieu acuser
Il ne sen pourroit excuser
Quil naymast les fẽmes pverses
Et leurs donna langues diverses
Sil veoit les maulx advenir
Et sil ny veult pour souvenir
Bien croy que miracle seroit
Et qui muet parler feroit
Mais certes cil qui pourroit faire
Femme bien esmeue ataire
Feroit asses plus grant merveille
Lune nest a lautre pareille
Pourquoy sont fẽmes plus noysives
Playnes de parolles oysives
Et plus iangleuses que les hõmes
Car elles sont doz et nous sommes
Faictz de terre en noz psonnes
Os plus hault que la terre sonnes
Or veez quel conclusion
Qui nous tourne a confusion
De nature leur vint a toutes
Quelles sont folles et escoutes
Aincoys quung hom soit marie
Navec espouse apparie
Soit riche poure ou paillart
Il est gay ioly et gaillart
Tant seslieve au vray compter
Qui cuyde eschielles monter
Et a plus hault degre venir
Ne se scet conment soustenir
Il chante il sault il chevauche
Asses plus grant qui nest se haulce
Souvent fait ses cheveulx laver
Recoquillier pignier graver
Il porte chausses semellees
Et robes estroictes oulees
Il ne scet en quel vestement
Se puist tenir honnestement
Honnestemẽt mais au contraire

Car le chetif veult contrefaire
Les aultres cornars de ce monde
En qui folie tant habonde
Que par leur grant oultrecuydance
Chascun cuyde estre roy de france
Cest a dire sy tresgrant sire
Que femme ne luy peut soufire
Tant soyt vaillant et de lignage
Quant le fol est en mariage
Les besongnes vont aultrement
Il deuient simple vraymment
Oultre son gre deuient cocus
Ses cheueulx mesles et locus
Par my ses espaules espandent
Ceulx de derriere deuant pendent
Bien semble chetif a merueilles
Adonc luy pendent les oreilles
Ses souliers et son vestement
Sont descousuz et lentement
Sen va la face a bas baissee
Sa ioyeusete est plaissee
Lors deffermez et deslaciez
Est trop plus que vous le sachez
Il a couleur de pie descoufle
Esbahy est quant le vent soufle
Des mouches ne se scet deffendre
Car il ne scet au quel entendre
Puys que luy homs peult fême apaire
Il nest abile a riens faire
Bien le monstre sa face pale
Et son bonnet troe et sale
Ses sourcilz ses yeulx chacieux
Leures mortes nez roupieux
Sa bouche sa barbe enfumee
Et sa voix casse et enrumee
Baston luy fault pour soy aidier
Longuement ne veulx pas plaidier
Car on sesioist de briefte
Et sy seuffre tant de griefte
Que ie suys de tous maulx garny
Bien seroye plus escharny

En france est la coustume telle
Chascun son espoux appelle
Mary est a dire en la mer
Car mariage est trop amer
Vray exemple en pouez scauoir
Vng homs voult troys femmes auoir
Et requist que troys en eust
Ha dieu se bien les eust cogneust
Il doubtast sa male fortune
Toutesfoys en espousa vne
Que ne resembla pas lucresse
Du mari voult estre maistresse
Or aduint ou il demouroit
Que le loup aux aigneaulx couroit
Au loup en est mal aduenu
Tout vif fut prins et retenu
Ceulx qui le prirent enqueroyent
De quel mort morir le feroyent
Quant le marie lentendit
En plourant son aduis rendit
Et leur dist signeurs compaignon
Se vous voulez le mal gaignon
Faire morir de mort crueuse
Femme luy donne a espouse
Qui le loup marier pourroit
Le loup de male mort mourroit
On ne peut pugnir creature
De mort plus forte ne plus dure
Que le lyen de mariage
Cest tourment bien de grant courage
Doncques est ce bien esprouue
Pour les maulx quon y a trouue
Que mariage quoy quon dye
Surmonte toute maladye
Vng saige nous baille tel reigle
Quaussy quon la plume de laigle
Vainct et corrompt aultre plumage
Aussy la femme en mariage
Contre la chair de lomme estriue
Tant est la femme corrutiue
Que la chair de lomme degaste

Quant par mariage la teste
Il semble que les nopces nuysent
Et vertu domme amenuysent
De coucher auec sa moulier
Soit tout nud ou sans despoulier
Tout sans ouurer est recreant
Et dautre part le vont criant
Sil aduient quung homme soubmete
Soit a betry ou a guillemette
Soy marier de primeface
Et chescun iour troys foys leur face
Le iour continuellement
Puyssant demoura tellement
Que long temps durra sa vertu
Par tesmoings le peuz prouuer tu
Mais puis que il sera lye
Son pouuoir est humilie
Sy tost com il touche le lit
Et il ny feist point de delit
Le touchement luy est nuysible
Sy seroit ce chose impossible
De trouuer paix en mariage
Sans payer le cheual trouage
Qui le fait ny veult commencer
Ja nen partira sans tencer
Aincoys sy com dit lescripture
Seroit esclipse de nature
Doncques fait il bon estriuer
A son pouoir pour eschiuer
Lyen qui fait lomme despire
Et toutes ses vertus empire
Mariage est plus fort vermyne
Que le ver quon appelle tyne
Et aucuns apellent artoise
Qui fait les pertuys en lardoyse
Arreste a ces commencemens
Len met trop tard les oingnemens
Estre ne peuent secourable
A playe qui est incurable
Trop tard se repent ce sachez
Qui du lyen est atachiez
Dont plust a dieu que fusse hors
Car main a cul quant pet est hors
Quant vng marchât sy veult attendre
A achater ce quil veult vendre
Dung couste a aultre regarde
De bien aduiser ne se tarde
Ja ny a sy chetif sy rude
Qui ne voye par grant estude
La chose auant qui la recoyue
Pour doubte quon ne le decoyue
Et sil aduient que riens deffaille
En la chose que on luy baille
Se ne luy plaist a retenir
Du prendre se doit abstenir
Mais ne peust estre delaissee
Femme en mariage donnee
Il conuient que len la retiegne
Quelque mechief quil en aduiegne
Ne quelque mal quelle appareille
Soit medee ou sa pareille
Qui ses deux enfans estrangla
Icy trop dur mal longle a
Doncques cil qui veult femme prendre
Et quil voit quil ne la peult rendre
Pourquoy ne prent yeulx de beril
Pour mieulx veoir le grant peril
Ou il se veult mettre a bouter
Plus est grant plus fait a doubter
Par espreuue est bien sceu
Car chescun y est deceu
Enuys sen peult nul exempter
Dieu dist que on doit tout tempter
Or tempte donc et sy essaye
Aincoys que recoyue la playe
Et aincoys que tu te mariez
Je te lo que tu te variez
Mais reffuse la male touche
Se tu crains tancons et reprouche
On ne peut aux maulx contrester
Ne contre leurs cours arrester
Se premiers ilz ne sont cogneuz

Dont plusieurs en sont deceuz
Si est bon dauoir congnoissance
De leur raige & de leur puissance
¶ Comment medee du remort
De iason ses filz mist a mort
Cella ne feroit vne louue
Le droit ne veult pas quon la loue

Auons no⁹ pas list de medee
Quāt iason leust ꝯtremādee
Apres ce quil eust la toison
Conqueste en il fist blason
De sa peruerse sorcerie
Luy vient sa meschansterie
Par lart magicque se eschappa
Et delle il se racheta
Medee par dure vengance
Tua ses enfans sans doubtance
On dist quassayer ne peut nuyre
Il vault mieulx se pour soy conduyre
A prendre chose prouffitable
Et a laisser la dommaigeable
Pour esprouuer entierement
On doit taster premierement
La moillier aincoys quon lespouse
Car mieulx vauldroit cheoir en mouse
Du soy nauser dunes cisailles
Que plourer apres espousailles
Cil qui entre en religion
A vng an pour prouffession
Cil doncques qui veult espouser
Et soy dune femme embouser
Pourquoy na ilz itel delay
Las ie plains car pas ne lay
Certes il est bien pou de femmes
Soyent damoiselles ou dames
Laides riches grasses bourgoises
Poures vilaines ou courtoises
De quelque estat quelles se clament
Que bonne amour auec eulx gardent
Prouue est par le dit du saige
Congnoissant de femmes lusaige
Bien scauoit que leur amour monte
Vng tel exemple nous racompte
Dun cheualier bel & plaisant
Preux aux armes & bien faisant
Qui fut sourprins en tel maniere
Pour vne poure chamberiere
Si ardamment sen amoura
Et par amour tant lonnoura
Quil espousa par mariage
Forment laymoit en son courage
Du cheualier la fin orrez
En vng fait darmes fut naurez
Tant quil morut et expira
Dont sa femme fort souspira
Et faingnoit souffrir grant douleur
Quant du sang veoit la couleur
En plourant ses cheueulx tiroit
Disant que la mort desiroit
Et sy queroit de dueil satree
O son mary estre enterree
Viue ne vouloit demourer
Bien scauoit faintement plourer
Prez le tombel de son mary
Se feist la dame au cueur marry
Et ne veult pour nulle raison

Plus retourner en sa maison
Ce iour cy com iay entendu
Fut vng larron aux champs pendu
Dont vng chevalier renomme
Sire gilibert fut nomme
Pour son fief en devoit la garde
En passant la dame regarde
Playne de pleurs pour son mary
A elle vint triste & marry
Courtoysement luy a dit dame
Rapaisez vous priez pour lame
On ne gaingne riens a dueil faire
Elle respond ne men puys taire
Iay perdu le meilleur du monde
Ou luy en la fosse parfonde
Voul droye gesir toute morte
Sire gilibert la conforte
Et dit quun aultre en trouvera
Ausy bon ou meilleur sera
Elle dit vostre temps perdez
Ne [illegible]ay a quoy vous entendez
Alle[illegible] vous en sy me laissiez
Lors est gilibert eslessiez
Aux champs a sa voye tenue
Car ia estoit la nuyt venue
Le larron estoit ia emble
Adoncques a de paour tremble
Et doubtoit que pour ce forfait
Nait son fief perdu & forfait
Moult doulant retorna arriere
Tout pensif droit au cymetiere
Ou la dame son dueil menoit
Lors luy compta dont il venoit
Que le larron estoit oste
Puys luy a dit sa voulente
Et de son fief tout la nature
Et du perdre en ladventure
La condicion de lommaige
Et comment doubtoit son dommaige
Pour le larron que mal feu arde
Dont avoit fait maulvaise garde

Sa complainte luy publia
Et elle tantost oublia
Son bon mary en esperance
De renouveller aliance
Comment vng hõme enterre
De sa femme fut deterre
Et pour avoir nouveau amy
La faulce pendit son mary.

Sire dit elle nayez soing
Secourray vous a ce besoing
Du meschief dõ qouy vo⁹ doulez
Se vo⁹ pour fẽme me voulez
Dame ie le vueil voyrement
Ensemble firent serement
Elle dist faictez bonne chiere
Maintenant dessouy la biere
Comme mort en a hors tyre
Desseuely & desterre
Par la femme fut ce faichiez
Aux fourchez le va estachiez
Incontinant plus natendy
Car elle mesme le pendy
Au propre lieu ou a coste
Dont on ot le larron oste
Puys luy dist sire sa venez

Mes conuenances me tenez
Dame dist il: il fault encores
Le larron qui fut emble ores
Auoit deux playes en la teste
Lespee prist la malle beste
De remonter ne sesmaya
Son espoux en deux lieux playa
Troys de ses dens luy a cassez
Mais encores fist ple assez
Les yeulx luy fora et creua
Par semblant moult peu luy greua
Puis luy dist sire escoutez
Et desormais ne vous doubtez
Jay bien restably vostre perte
Je doy bien estre gillebertte
Je vous semons de conuenances
Il luy dit iay bien souuenances
De ce que promys vous auoye
Faictez tost mettez vous en voye
Car mon corps vous est desuoyez
Gardez iamais ne vous voyez
Ne plus ne vous en efforcez
Mieulx aymeroye estre escorchez
Et perdre quanque iay vaillant
Je nay pas le cueur sy faillant
Quauec vous face alliance
Jamais en vous nauray fiance
Et sachez qui droit vous feroit
Par ma foy on vous bruleroit
Desseruy auez a estre arce
Compains entens bien ceste farce
Considere bien la malice
Et lestat du femynin vice
Pour veoir leur iniquite
Sauras que ie dy verite
Nul ne doit pour femme plourer
Ne pour la plaindre labourer
La loy le tesmoingne toute heure
Doncques est fol cil qui la pleure
De la loy contre la deffense
Et pour le mal que femme pense
La mort de son mary machyne
Tousiours est a mal faire enclyne
Mais que sa trahison nappere
Sy comme silla fist a son pere
Et combien que lomme ne doye
Plourer pour femme toutesuoye
La femme est de plourer tenue
Car le droit le nous insinue
Des yeulx au moins par dehors pleurēt
Mais dieu scet quāt larmes en queurēt
Et par dehors maynant tristesse
Contre leurs cueurs ont grāt lyesse
Jacoyt que femme par dehors
Ploure de son mary le corps
Par dedans sesioyt et chante
Et de nouueau mary se vante
Quāt de noirs draps porte lenseigne
Lexemple precede et enseigne
De celle qui tant offendit
Que son propre mary pendit
En ce fait receut grant diffame
Cest peche de plourer pour femme

Et tu qui liras et orras
Entens au bien q̄ tu pourras
Pour mes pollesne te meuuez
En tō cueur met ce q̄ tu treuues
Se bien note chascun puerbe
Lors ta maison croistra en herbe.
Femme ne fait tant a aymer
Que deux choses nait a a blasmer
Tousiours a buches en sa trayme
Ce que son mary heyt elle ayme
Et voulentiers y met sa cure
La femme est de telle nature
Quant son mary est trespasse
Naura paix tant quelle ait brasse
A espouser son ennemy
Et nattent ne iour ne demy
Daultre part tout luy est amer
Quanques son mary veult aymer
Et het ceulx quil tient en chierte,

Tant est playne de grant fierte
Des meurs des femmes cathon dit
Quem coniunx diligit odit
A croire ne sont pas merueilles
Car femmes rongent les entrailles
De son mary par deuinailles
Et par tancons et par batailles
Dont lomme est tourmente forment
Il nest nulle heure sans tourment
Dont peuz tu bien apperceuoir
Que femme veult tout deceuoir
Nul hom ny doit foy adiouster
Car combien quil doye couster
Ne ce sera tant quaura mys
Ceulx quil luy sont loyaulx amys
A meschief et a deshonneur
A leurs ennemys font honneur
A eulx quil deussent reprouchier
Dont souuent en leur lit couchier
Ou a mariage les prenent
A bien ny a raison nactiennent
Quant leurs mariz sont trespassez
Elles conuoitent plus assez
Ceulx quelles deussent reffuser
Et pour leurs mariz accuser
Il semble assez que tout de gre
Les eslieuent en tel degre
Cest honte quilz sont successeurs
Es litz de leurs predecesseurs
Que leurs espusez premerains
En tous lieux les font souuerains
De corps de biens et de lauoir
Que les hoirs en deussient auoir
Cest chose assez abhominable
Certes il nest riens plus dampnable
Et ne sen peuent escondire
Pource doit on femme mauldire
Pour leur desloyal conscience
Trop en auons desperience
Com chascune est luxurieuse
Et de bonne amour haynense

Encourt te diray de leur vie
Et lirons de la mort vrie
Par bersabee sa moulier
Dauid la vit bien despouyllier
Et lauer en vne fontayne
Elle fut de grant beaulte playne
Le roy dauid la conuoicta
Vers vrie tant exploita
En sa mort machyna par lettre
Ioab le fist a la mort mettre
Par le commandement dauid
Ce fut mal fait car dieu le vid
Quant puys espusa bersabee
Compaingz apres ces vers abee

¶ Comment sanson fut confondu
Quant par dalida fut tondu
Laquelle auec vne force
Luy feist perdre toute sa force

Oyr ne peuz meilleur chãson
Et te souuiengne de sanson
Qui sy peu dalida prisa
que ses cheueulx to⁹ luy brisa
Et les luy tondist se maist dieux
Et puys luy fist creuer les yeulx

Que resist la femme guyon
Combien que cy plus nen dyon
De leurs faictz de leurs tricheries
Je pry a dieu sy te maries
Jamais apres cest examen
Que tu soye pendu amen
Se ma fēme hait ⁊ blasme
Les miens ⁊ mes amys que iayme
⁊ pour moy les rechigne ⁊ poit
Il sensuyt quil ne mayme point
Il nest chose tant perilleuse
Ne pestillence plus crueuse
Que dauoir priue ennemy
Or te garde par sainct remy
Car ta femme est ton ennemye
Sil ne te plait nē men croys mye
Mais croys de salomon le dit
Qui ia pieca fist comme edit
Dont plusieurs furent consentans
Que to⁹ vieulx hōmes de cent ans
Feussent mys a mort sans tarder
Nul ne les osast plus garder
Apres la publicacion
Sur payne dindignacion
Mais le filz dune bonne mere
Qui loyaulment aymoit son pere
Soubz clef le mist ⁊ enferma
Et luy iura ⁊ aferma
Quil ne luy fauldroit point morir
Au besoing le voult secourir
De luy sauluer en prist le soing
Car lamy voit on au besoing
Non obstant il le conforta
Et des viandes luy apporta
Bien le garda secretement
Encontre le commandement
Luy administroit assez viures
Le pere luy apprist ses liures
Saige fut en loiz et en droit
Plus que nul qui soit orendroit

¶ Comment a salomon le roy
Vint vng homme en grant arroy
Nuz ne vestuz en general
Il nalloit na pied na cheual.

Le roy par sa subtilite
En voult scauoir la verite
Et enquerir dont ce la venoit
Sur perdre le chief quil auoit
Par adiournemēt le manda
Et luy enioinct ⁊ commanda
Que quant seroit a luy venus
Que il ne fut vestuz ne nus
Na pied na cheual ne venist
Son siegneur par la main tenist
Son serf ⁊ son amy menast
Et son ennemy ordonnast
Quauant les aultres fut present
Pour le seruir de ce present
Le ieune homme sappareilla
A son pere se conseilla
Et le preudhom lenseigna bien
Son asne son filz ⁊ son chien
Et sa femme luy fist conduire

Bien luy sceut monstrer et induire
A court vint et dist sire roy
Je suys cy vestu dune roy
Cest asne que ie vous presente
Cest mon serf et ceste iouuente
Est mon enfant et mon seigneur
Et sy nay point damy greigneur
Que ce chiennet bien lay prouue
Mainteffoys lay amy trouue
Le roy dit ioy bien que vous dictez
De ces choses estes bien quictez
Or amenez vostre ennemy
Sire veez le cy coste my
Au doy luy a monstre sa femme
En disant quoncques par son ame
Plus grant ennemy ne senty
Mais elle len a desmenty
Il luy donna vne palmee
La femme nen fut pas pasmee
Ains sescria a haulte voix
Sire roy quest ce que tu voys
Faictez tantost ce larron rendre
Aux fourches noyer ou pendre
Ou le faictez decapiter
Et mettre a mort sans respiter
Il na peur en vostre empire
Il est des mauluais tout le pire
Certes bien vueil quil vous appere
Comment il a enclos son pere
Et nourry soubz vostre deffense
Il a encouru grant offense
Lors le roy rist quant il ouyt
Et en son cueur se resiouyt
Du cas deuant luy aduenu
Et comme en fut moult chier tenu
Or as tu veu mon bon amy
Que tu ne peuz pire ennemy
Auoir au monde que ta femme
Cest celle la qui te diffame
Et celle peu dont iay remort
Elle pourchassera ta mort
Toy qui cy liz pour toy esbatre
Ne men faiz pas en vain debatre
Recoy et prens par my loreille
La maison que ie tappareille

Sainct ambroise nous admonneste
Par predicacion honneste
Que nul ne doit aultre prier
Ne enhorter de marier
Pour les mauldissons qui en viennent
Car pour mal conseillez se tiennent
Ceulx qui se boutent en tel ordre
Ja ne cesseront de remordre
Et mauldient com ennemis
Tous ceulx qui sen sont entremis
Dont ay ie bonne entencion
Se ie faiz inhibicion
A homme qui ne se marie
Freres tous dune confrairie
Et membre de ihesucrist sommes
Sy est raison entre nous hommes
Que lung doit laultre conseiller
Et pour son prouffit trauailler
Et qui son frere ne relieue
En sa conscience se griefue
Ce nous tesmoingne lescripture
Dont pour escheuer lauenture
De mariage et la misere
Je tamonneste comme frere
Que femme nayes espousee
Et retiens bien ceste posee

E tayme pour toy chastier
Par amour sans aultre loyer
Sy te pry supply et enseigne
Ains que mariage te preigne
Aduise toy auant toute euure
Car lescripture nous desqueuure
Et raison le veult soustenir
Que mieulx vault aux maux preuenir
Que ce que les maulx nous preuiengnent

Sy le te diz ains que te viengne
Pour obuier aux grans perilz
Espoir que tu fussez perilz
Se descouuert ne le teusse
Ne cuydasse pas que ieusse
Pour moy seruir en lescuelle
Sy griefz tormens de mort cruelle
Certes traictour tenu seroye
Ou cas que ie te cesseroye
De ceste mort signifier
Qui tant me fait crucifier
Je iure pource que mieulx me croye
Que cueur seroit plus dur que croye
Qui se verroit sy tormenter
Qui se tenist de lamenter
Et de plourer amerement
Doncques est saige voirement
Cil qui par mes faictz se chastie
Et par leuure que iay bastie
Et qui fuyt la mort preueue
Qui voit par deuant sa veue
Las ie men tiens pour deceu
De ce que au premier nay eu
Docteur qui le meust demonstre
Je ne fusse pas sy oultre
Ne trait sy bas com ie suys ores
Et com iatens a estre encores
Quât le mary gist en la byere
La fême auant et arriere
pêse tousiours en son corage
De rauoir aultre mariage
Ceste coustume quant elle pleure
Sy pres troys iours nattent que leure
Et ses enfans veulent auoir
Leur part des biens et de lauoir
Qui leur descent de par leur pere
Nya nul qui ne le compere
Elle leur est du tout contraire
En tenssant leur scet bien retraire
Et dit ia fusse mariee
Se ce ne fust vostre ariee
Trouue lay ia deux foys ou quatre
Or me conuient a vous debatre
Et par vous ce bien me fauldra
Mauldit soit qui vous engendra
Et leur dist que en leur despit
Sans mettre terme ne respit
Vng mary nouueau trouuera
Qui ses drois bien luy gardera
Et tant de marier se haste
Quelle en prent vng qui tout gaste
Ses biens despent et la lapide
Ja ny tendra ne frain ne bride
Tant com elle a riens en grenier
Ny laist ne maille ny denier
Terre ne vigne qui ne vende
Ne maison que tout ne despende
Lors quant ainsy se voit attaincte
A ses enfans en faict conplaincte
Et pour son premier mary pleure
Telz larmes se dieu me sequeure
Qui blasment les mariz derrains
Condampnent la chaleur des rains
Excuser ne les peut friuolle
Je croy quil nest femme sy folle
Com vesue femme reparee
Ne se tient pas pour esgaree
Souuent se renouuelle et change
Et prent cheueleure estrange
Elle se painct elle se pigne
Elle se farde elle se guigne
Maintenât veult maintenant nye
Or ayme or est ennemye
Or tensse lung or tensse lautre
Et lung fait dor lautre de peautre
Et iacoit ce que par vsaige
Plusieurs en payent le musaige
Toutesuoyez elle est trop reuesche
La fleur laist et prent la flamesche
En ce se monstre nice et sotte
Elle resemble leschar bote
Qui guerpist lodeur des florettes

Et suyt le chemin des charrettes
Es estrons de cheuaulx se boute
Et aussy com la louue gloute
Prent tousiours des louueaux le pire
Aussi veult femme veue eslire
Las iadis estoit aultrement
Vng an y failloit proprement
Que femme son mary plouroit
Et en lieu lubre demouroit
Or ny a mais trois iour despace
Ou le plus quatre quon le face
Car si tost com son premier homme
Prent par mort son derrenier somme
Et est boute dedans la terre
La femme commance la guerre
Ne iamais iour ne cessera
Jusques vng aultre en trouuera
Qui luy peust son bas ramburer
Car seulle ne scet demourer
Et ne cuydez pas quelle porte
Noire robe qui plus enhorte
Ains vestira robe de soye
Pour monstrer quelle soit de ioye
Cest honte ne scay que peut estre
Il ny a ne frain ne cheuestre
Qui ia la puisse retenir
Tousiours veult aller & venir
Jamais ne la tiendroit cloison
Ne en chambre ny en maison
Par tous lieux veult estre veue
Tant est de la chaleur esmeue
Les vesues par ardeur affrontent
Sur les maisons rampent & mõtent
Ainsy quon les roynes degipte
Nont cure de lit ne de gite
Sil ny a masles auecques elles
Qui cuydast quelles fussent telles
Sainct aquapre ayma mieulx estre
Des derfues enragees maistre
Qui des vesues auoit la garde
Il eut droit qui bien y regarde
Derfuees sont et sans nul bien
Sil nen veult estre gardien
Les vesues sont de pute affaire
Et la derue mal ne peut faire

Es fẽmes ğerẽt les eglises
Parees de diuerses guises
Sen vont monstrant parmy
la voye
Chascune veult bien quon la voye
Mais les reliques nayměnt gueres
Les fiertez & les sainctuaires
Ne font elles les crucifix
Car leurs cueurs nont pas en cẽ fix
Plus ayment les clers & les prestres
Pource les suyuent en leurs estres
Ny a nulles qui sen effroye
Les ribaulx qui quierent leur proye
Aulcunes en mettent souuent
Soubz le tapis pour le froit vent
Ce ne sont pas euures diuines
Ains se poingnẽt plus que despines
Qui dedans leglise vendroit
Vng cheual il se mefferoit
Mais assez plus est a deffendre
Que femme ne sy doit entendre
Elle fait de la dieu maison
Bordel contre dieu & raison
Soubz vmbre de sacrifier
Pource ne se doit hom fier
Lasses femmes qui nont vgongne
De faire sy orde besongne
Quelles ne deussent besongner
Le dire fait a ressongner
Les freres des religions
Venans de plusieurs regions
De lordre blanche noire & grise
Nostre dame en sa grant eglise
Celle des champs & sainct eustace
Et sainct victor dedans sa cace

Les quinze vingz ꝛ sainct anthoyne
Les pardons du cardinal moyne
Sainct bernaard ꝛ sainct honnore
Et le cheual au frain dore
Au sepulcre de la grant rue
Et sainct marry a col de grue
Et sainct bon de bonne fortune
Et sainct loup ꝛ sainct opportune
Sainct christofle saincte maryne
Sainct pol ꝛ saincte katheryne
Sainct supplis sainte geneuieue
Saict geruois ꝛ saict iehan en greue
Sainct iacques de la boucherie
Sainct eloy de la sauaterie
Sainct denis au pie de mōt martre
Et au prieure de la chartre
Sainct germain des prez ꝛ sācerre
Sainct laurens q̄ les dens desserre
Sainct martin et sainct nicolas
Font a noz dames grant soulas
La vont les femmes catholiques
Souuent visiter les reliques
Qui sont en la saincte chapelle
Chascune sa commere appelle
Ou aultre de son voisinage
Mieulx leur plaist le pelerinage
A sainct mor ou a bouloingnette
Et apres a la chapellette
Et aulcunesfoys au lendit
Qui est en iuing sy com len dit
La sont les places diuisees
Et les iournees assinees
Et puis vient la qui les suppose
Le surplus gist dedans la glose
Ce scet on par experience
Son losoit dire en audience
La clergie le tesmongneroit
Et leurs euures enseigneroit
Elles songent nouueaulx miracles
En moustiers ꝛ en habitacles
Combien que des pardons ne curent
Mais a nouueles voix procurent
En obeissant a venus
Plusieurs maulx en sont aduenus

Femmes tienent escheuinage
Despouser de cōcubinage
Et de martin ꝛ de sebille
Et dōcquon fait en la ville
Tant est au moustier recite
Soit mensonge soit verite
Lune qui fait son mary paistre
Luy dist quāt il veult estre maistre
Fy chetif mary riens ne as
Tous sont miens coupes et hanaps
Or ꝛ argent ioyaux ꝛ vaisselle
Puys luy va baisier la main palle
Bouche ꝛ menton tout enuiron
Le cul luy met en son giron
Pour plus a soy subiect atraire
Sy nobeist com debonnaire
Aux commandemens quon luy baille
Il aura tansson ꝛ bataille
Ainsy tiennent souuent leur femme
Agnes beatrix berthe ꝛ iehanne
La nest en elle riens cele
La est le secret reuelle
La deuient chascune maistresse
Destre iangleuse ꝛ tanceresse
Trop mieulx feroit du remanoir
Et filer dedans leur manoir
Lune veult aymer par luxure
Laultre a son mary fait iniure
Sire ne scay sy maist dieux
Laquelle de ses deux vault mieulx
Ou la femme luxurieuse
Ou la moulier iniurieuse
On voit que femme qui fornicque
Veult faire a son mary la nicque
Bien le scet tirer et flater
Et aplanier et grater
Et en decepuant par coustume
Le blandit et oste la plume

Et laultre emmy le viz crache
Le fiert et ses cheueulx asrache
Et luy fait souffrir tant de coups
Qui mieulx luy vaulsist estre coulps
Ung vaillant acteur nous recite
Que femme qui mary despite
Vault pys ⁊ est plus felonnesse
Que nest tygre ne leonesse

Emmes sõt y trop pilleuses
Et par nature dangereuses
De telle condicion toutes
Quelle veulent scauoir les
Le tẽps les moyens ⁊ les pointz (doubtes
Par lesquelz sont les hommes pointz
Et les causes parfondement
Du chief iusques au fondement
Ou pourquoy ou en quel maniere
Quoy comment auant ⁊ arrieere
Dont vient ou fut tout a leur aise
Sil aduient que lomme se taise
La femme luy imposera
Que mauluais aduoultre sera
Et luy fera souffrir ahan
Pose quil fut ung sainct iehan
Dont ie viegne ou que ie voise
Je ne puys eschapper sans noise
Perrette veult ⁊ sy commande
Que ie responde a sa demande
Les causes enquert de ma voye
Mais ne cuydez quelle men croye
Pour excuser ne pour iurer
Certes iay dur a endurer
Moy desment a chascune pause
Et puys finist elle aultre cause
Et me met sur aultre chemin
On ne pourroit en parchemin
Descrire le mauluais malice
De leur desroy ne de leur vice
Les ay toutes ainsy trouuees
Mais quãt ne sont prinses prouuees
Ja leurs mariz riens nen scauront
Tousiours droit pour elles auront
Pose que bien soyent veues
Faignent les choses non sceues
Trop bien se sceuent excuser
Et leurs maris faire muser
Quant il ya chose secrete
Dicy iusques en ville crete
Il conuient que femme lensaiche
Lors prent son mary et le saiche
Et le mayne dessus ung lit
Et faint que vueille auoir delit
Lors son mary elle acolle
Et luy dit par fainte parolle
Je ne scay que lomme ressoingne
Car sy comme dieu le tesmoingne
Pour femme laisse pere et mere
Cest ainsy comme ie lespere
Car ung lyen indiuisible
Qui fait le mary inuisible
Dieu les lya ⁊ les conioinct
Pour estre ensemble plusfort ioinct
Doncques doit bien tout homme faire
Quanques a sa femme doit plaire
Adonc luy gratonne le chief
Et puys le baise de rechief
Luy met la main en la testine
En courbant les rains ⁊ lechyne
Le vaisseau charnel luy apreste
En disant ie suys toute preste
De faire quanques tu commandes
Prouue est sy tu le demandes
Je te pry doncques que men soyes
Tout ung sommes ⁊ toutesuoyes
Sy com dieu dit vueilles ne vueilles
Tu es mien quoy que tu ten dueilles
Par raison sy com il me semble
Et quant ilz approuchent ensemble
Elle sent bien la chose sure
Qui se met a faire luxure
Lors se ioinct a luy pys a pys
Soit il bien saige ou tapis

Et luy dist vecy ie te donne
Tout tant que iay et tabandonne
Et cueur ⁊ corps ⁊ tous mes mēbres
Sy te pry que tu ten remembres
Tu es mon mary ⁊ mon syre
Or me dy ce que ie desire
Dire le peuz hardyement
Certes dieu scet bien se ie ment
Jameroye mieulx a grief peyne
Morir de malle mort soubdayne
Que ie tes secretz reuelasse
Jamays ne le feroye lasse
Tu sces bien quelle ma trouuee
Par plusieurs foys ma esprouuee
Mon doulx amy mon hōme saige
Or me dy pourquoy ne le scay ie
Quanques tu scay doy ie scauoir
Ja aultre ne le scaura voir
Lors lembrasse ⁊ le rebaise
Et la playne ⁊ la rapaise
Elle le blandist ⁊ le flate
Jouste luy ioinct trestoute plate
Puys luy dit he que ie suys folle
Et chetiue quant ma parolle
Ne prisez et que nen tiens compte
Lasse bien doy auoir grant honte
Quāt amours ainsy me desuoyent
Se mes voisines le scauoyent
A bon droit seroye fustee
Se loeuure estoit racomptee
De ce que entre nous deux seumes
Car ie taime mieulx q̄ moy mesmes
Je faiz les aultres femmes serues
Et tu tes secretz me reserues
Et ie te diz quanques ie scay
Ne oncques riens ne men lessay
Les aultres fēmes mieulx le queuurent
Car leurs secretz point ne desqueuurēt
Elles sont saiges de ce faire
Mais ie suys folle ⁊ debonnaire
Quant a vous ainsy me demayne
Et seulle amour a ce me mayne
Quel est le signe qui plus touche
Que le don du cueur ⁊ de bouche
Se lomme la veult approuchier
Elle luy deffend le touchier
Arrier se trait le dos luy tourne
Et pleure comme triste ⁊ morne
Semblant fait que moult soit troublee
Lors est la riote doublee
Ung peu se trait et puys souspire
En rougissant luy prent a dire
Quant elle sest vng peu teue
Las que ie suys bien deceue
Je nen puys mais se ie me dueil
Quanques cest homme veult ie vueil
Dieu scet que son vueil mien seroit
Et luy pourquoy riens ne feroit
Je scay bien de ce qui me cele
A toutes aultres le reuele
Qui dit que homme soit eu
Par femme il est bien deceu
De ce suys ie en tel point
Je tayme et tu ne maymes point
Tu nes pas mien mais ie suys toye
Dont par amour tamonnestoye
Que sy grant plaisir me feisses
Que ce que ie requier deisses
Car quanques ie scay ie diroye
Ne pour mourir nen mentiroye
Lasse ie suys ta chamberiere
Je vouldroye estre bien arriere
Noyee dedans vne fosse
La chose seroit par trop grosse
Que ie te pourroye celer
Et riens ne me veulx reueler
Je te sers sy comme seigneur
Comme vng duc ou empereur
Et tu me faiz la sourde oreille
Nostre amour nest pas pareille
Lomme sesbahist et se pense
Alencontre ne scet deffense

La malice nappercoyt mye
Sy luy dist quauez vous amye
Je vous pry tournez vous deca
Sy courroucez ne fuz pieca
Sy com suys de vostre clamour
Je vous ayme de bon amour
Il nest chose quaye tant chiere
A son mary tourne la chiere
Et puys luy tend bouche & poictrine
Bien le decoyt par sa doctrine
Tant luy requiert tant luy supplie
Qui luy dit cy fait grant folie
Que despuys est dame & maistresse
Et il est serf a grant destresse
Perrete veult que tout luy die
A moy courroucer estudie
Se ie fail croyre men pouez
Traictiez suis sy com vous ouyez

Oms q̃ a fẽme sa cõpaigne
Est sy charge de sa cõpaigne
Ainsy cõme ie puys cõprẽdre

Qua seruir dieu ne peut entendre
Le cas est assez entendant
Dont es parties doccidant
Ny a prestre qui femme tiengne
Que inconuenient nen viengne
Comme peut on a dieu seruir
Qua femme se veult asseruir
Enuys selon mentencion
Il peust auoir deuocion
Car tousiours a plus de maleurs
Qui luy font tresgriefuez doleurs
Empesche est en sa pensee
Il veult complaire a sespousee
Querir luy fault vestir & viure
Et sy nest pas pource deliure
Sil conuient penser du mesnaige
Souuent est trouble en couraige
Droit canon dit que m[illegible]acorde
Le tympanon ou desacorde
La harpe ou le psalterion
Sy fait robin ou marion
Homs sans femme peut mieulx entẽdre
A seruir de cueur simple & tendre
Nostre seigneur en saincte eglise
Que ne fait nulz qui femme a prise
Pource iadis fut escondit
Vng marie qui respondit
Je ne puys aller a la cene
Ou dieu nous appelle & assene
Car ie suys de femme espouse
De maulx liens me suys house
Ceste cene vous signifie
Souper en pardurable vie
A la table de paradis
A payne en y aura il dix
De ceulx qui ainsy se marient
Puy que femmes les contrarient
Liseur pour qui ie me traueille
Entens ces motz ton cueur esueille
Ne men croy point ne ne ty fye
Mais croys dieu qui le certifie

¶ Comment vng homme deffendit
A sa femme que noffendit
Mais par son couraige malin
De la boyte beust le velin.

A femme dobeir na cure
Ains est de contraire nature
Tout quanquon luy deffēd
veult faire
Prouue est par maint exemplaire
Vng hom qui fut de grant prudence
Et voult faire lexperience
Pour scauoir quil en amendroit
Mais il pecha en cest endroit
Pour venin que il amassa
Et le destrempa & brassa
En vng vaissel secretement
A sa femme dit proprement
Je te deffens que tu napprouches
De ce vaissel & que ny touches
Se tu en goustes tu mourras
Ne ia eschaper ne pourras
Puys sen ala en ses affaires
Et sa femme nattendit gaires
Point ne redoubta le faissel
Seulle sen ala au vaissel
Et en beut contre la deffense
Ce luy fut mortelle despense
Elle en mourut soudaynement
Dont ie requier dieu playnement
Que les aultres ainsy perissent
Qui a leur mariz nobeissent
Et que toutes apres sen aillent
Affin que les riotes faillent
¶ Comment la poincte dune espine
Par venin tua proserpine
Orpheus na tel dueil souffer
Qui lala racheter en enfer.

Rpheus sauoit la pratique
De tous instrumēs de musiq̄
Proserpine ausy appellee
Estoit en enfer hostellee
Orpheus pour auoir sa conforte
Ala vers enfer a la porte
La monstra sa menestraudie
Et ioua par grant melodie

Quant le roy denfer lentendit
A orpheus sa femme rendit
Mais ce fut par telle maniere
Que selle regardoit derriere
Que retourner la conuiendroit
Et que iamais nen reuiendroit
Orpheus luy dit doulce amye
Je vous pry ne vous tournez mye
Proserpine grandement perdit en ce
Que ne voult faire obedience
Et enfrainct la condicion
Encontre linhibicion
En tenebres fut remenee
La folle de malle heure nee
¶ Comment vasty contremanda
Le roy son mary & manda
Assuerus ne matens mye
Mais en la fin en fut banye

Ng roy puyssant & renomme
Assuerus estoit nomme
Qui regna en perse & en mede
oncq̄s ne peut mettre remede
Que sa femme pour sa puissance
Luy voulsist faire obeissance
Vasty auoit nom la royne
Par orgueil tourna en ruyne

Le roy fist dung iour grant feste
Couronne dor mist sur sa teste
La fut moult grant la baronnie
Chascun y mena sa maisgnie
Vasty par grant solennite
Celebroit la festiuite
Avec elles dames estoyent
Parees com elles deuoyent
Le roy luy manda quelle venist
Et compaignie luy tenist
Pour faire la feste valoir
Vasty mist tout en non chaloir
Ne voult aler a sa semonse
Quant le roy ouyt sa response
Comment elle luy reffusa
Enuers ses barons laccusa
A eulx se plaint de sespousee
Par leur conseil fut desposee
Hors du royaulme la bouterent
Aux aultres exemple monstrerent
Pour lorgueil des femmes plaissier
Et pour leurs cornes abaissier
Qui font les hommes esblouer
Et pource doit on bien louer
Tous ceulx qui par leur industrie
Ont de leurs femmes la maistrie
Mais on en treuue pou en france
Les hommes ilz sont en souffrance
Et les femmes y seigneurissent
Et commandent et establissent
Las ou royaulme trop e blasme
Qui euure par conseil de femme
Trop a de maulx en leur embuche
Le roy chiet le peuple trebuche
Comment eue nostre grant mere
Deceut par la pomme amere
Adam lequel fut suspendu
Quant mengea le fruict deffendu.

Tout y va a perdicion
A mal a a destruction
Que la fẽme du p̃mier hõm
De ce exemplaire nous di
Que plustost la main il tendit
Au fruict que dieu luy deffendit
Car eue le luy va donne
Adam se va abandonne
Comment par desobeissance
La femme loth doulx recuydance
Se reuira vers la cite
Et tourna en aduersite

A femme loth mal se garda
Quant par derriere regarda
Sodome la cite brusle
Dont elle estoit hors enfuye
Vng ange qui les conduysoit
De par dieu la femme induysoit
Que plus illec ne seiournast
Et que point ne se retournast
Que mal nen venist prestement
Contre son admonnestement
Se retourna pour veoir la place
Froide deuient comme vne glace
Et fut muee en vne pierre
Ce seroit grant bien par sainct pierre
Se ainsy deuenoyent toutes
Celles qui sont playnes de bourdes
Quant bien ne veulent retinir
Ainsy leur puist y aduenir
Je le dy pour perrette seulle
Et pour auoir paix a sa gueulle
Et pour les aultres mal aprises
De ce vice sont sy esprises
Que on ne les pourroit oster
Et pour ce fait bien a noter
Que la femme est de tel mestien
Que pour lomme ne fait mais rien
Mais en despit de luy fera
Tout ce que il luy deffendra
Ainsy com le sens me varie
Ma parolle me contralie
Disant que femme est enuieuse
Mesdisant & malicieuse
Qui vouldra savoir la conuine
Dune femme ou de sa voisine
Sy dit quelle est bonne & belle
Doulce plaisant simple & telle
Quon la doit louer & aymer
Pour les aultres lorrez blasmer
Et ses vices ramenteuoir
Lors fait enuye son deuoir
Celle hayne est ville & orde
Il nya celle qui ny morde
Quant des aultres oyent bien dire
Tant sont plaines denuie et dire
Chascune hait en verite
Et lautre sa prosperite
Sil ya vne coustumiere
De seoir ou de monstrer premiere
Ou daler deuant a loffrande
Il conuient quelle soit bien grande
Se son fait vouloit frequenter
Sans rioter et tourmenter
Souuent grans batailles sourdans
Celle qui denuie ardans
Ne veullent pas ainsy souffrir
Que premier deust offrir
Et qui veult paix sy se pouruoye
Que quant femmes vont par la voye
Que son salut ne rende a vne
Mais salutacion commune
Face a toutes en audience
Auec signe dobedience
Car qui toutes ne les salue
Mauldit sera de fieure ague
Il nest femme qui soit en vie
Qui sur pareille neust enuye

A ce nature les encline
Chascune cuyde sa voisine
Mieulx paree dont il luy poise
Au mary en reuient la noise
Chetif mary se dit la femme
Tu as grant honte & grant diffame
Quant tu me tiens ainsy vestue
Que ie nose aler par la rue
Lors pleure non mye de cueur
Le mary luy dist doulce seur
Quanez vous qui ainsy plourez
Pourquoy ainsy vous atournez
Certes sire iay bien raison
Que demeure en ma maison
Et mes voisines sont aournees
Bien et noblement ordonnees
Se ce quaffiert a moy ie eusse
O les greigneurs estre deuse
Or me conuient ainsy remaindre
Et semble que soye la maindre
Or est il doncques necessaire
Que le mary luy face faire
Robes & ioyaulx aprester
Car il noseroit contrester
Pource que sil il auoit faulte
La tanson troueroit trop haulte
Du chamure & du lin estrange
Vouldroit chascun iour faire change
Et dit souuent que cest merueille
Qua sa voisine nest pareille
Et que sa vache a meilleur pis
Ce dit quant ne scet dire pis.

De auaricia.

Femmes se no⁹ dist lescripture
Sont toutes de froide nature
Le froit estrait cest chose clere
Dont est toute fēme amere
Et fondee sur auarice
Ny a brehaigne ne nourrice
Qui soit point plus froide du masle
Ou nostre droit de femme parle
Pour trop aultre sy la tesmoingne
Il ne luy chault mais quon luy doingne
De ceulx quelle tient en ses bras
Veult auoir largent & les draps
Voire de son apartenant
Quelle est telle & sy tenant
Quautant se vouldroit efforcer
Dune pierre au doy escorcher
Et selle tire de sa bource
Vne maille elle se cource
Pour petit don consentira
Aux roingneux et escondira
Vng noble & luy fera rebource
Elle ayme mieulx la bonne bource
Quelle ne fait ceulx qui bien laymant
Et qui pour draps amys se clament
Le don prent du donnant na cure
Mais encourt le tient en rancure
Et dira tout a labandon
Le villain put largent est bon
Ce dira celle opiniatre
Il ya vng poure folastre
Qui est de moy tant abuse
Mais ie le feray bien muse
Je ne scay quel fol cest sera
Mais par la croix il foncera
Premierement que il y touche
Et sy vient vng qui bien la mouche
Qui la torche a lauenat
Elle laymera vrayment
Et encores sy vient a point
Elle luy donra vng pourpoint
Et sil est homme diffame
Il en sera tant mieulx ayme
Plustost que vng homme de bien
Mais que il ne luy donne rien
Pourtant amy tu tabandonne
A femme que du tien luy donne
Le don prendra bien la bourgoise
Du corps de lamant ne luy poise
Doncques est elle conuoiteuse

Et plus fort avaricieuse
La quinte part ne puys retraire
La femme scet lart pour attraire
Et pour les hommes attrapper
Et pour leurs richesses happer
Car se lomme veult habiter
Avec femme pour delicter
Quant elle sent la bource playne
Lors ioyeusement se demayne
Pour largent cent baisiers luy donne
Linges cuisses rains abandonne
Au ieu mouuoir et exiter
Sy nen vueil cy plus reciter
Je ne vueil pas quon men mauldie
Pour parler de la ribauldie
Fy fy damour de folle femme
Dont homme perd corps avoir ame
Fy de la delectacion
Qui tourne a condempnacion
La ioye nest que monnetayne
Perpetuelle est la peyne
Il vault mieulx parler de thobie
Compains amys or te chastie
Aduise ce que tu escoutes
Auant que nullement ty boutes
Tu voys bien que femme est amere
Chascun le scet cest chose clere
Pou en ya qui bien ne vueille
Ot son chier amy la despoulle.

Excuser me vueil en mes ditz
q̄ des bonnes point ne mesdis
Je nay voulente de mesdire
Jaime trop mieulx a moy (desdire
Questre hay pour fol lāgaige
Dieu le scet ⁊ ientens mon gaige
Quenuers femme ie nay hayne
Ne riens ie nen dy par attayne
Fors pour mon propos coulourer
On ne pourroit trop honnourer
Les bonnes ⁊ les vertueuses
Saulcunes en ya crueuses
Qui vsent de leur cruaulte
Et aultres hantent loyaulte
Qua mal faire ne souffreroyent
Ne villain cas nendureroyent
Mieulx aymeroyent a mourir
Que nul deshonneur encourir
Se ie mens ie vueil quon me bate
Il conuient puis que ie translate
Que ie dye ou que men taise
Pour ce supply qui ne desplaise
Sen cest dictier suys recordans
Aulcuns motz qui soyent mordans
Car de moy ne procede mye
Ny a dentee ne dempye
Qui ne soit trouuee es hystoires
Et es anciennes memoires

¶ De luxuria.

On dit que femme luxurieuse
Parolle semble iniurieuse
A entendre de prime face
mais sauluee de to⁹ la grace
Il conuient dire ce quon treuue
Et pource que ne se contreuue
Exemple vous en sera mys
La royne semiramis
Fist la loy a tous commune
Que des femmes preist chascune
Vng tel mary quil luy plairoit
Et que ce faire luy lairoit
Sans excepter aulcun degre
A cautelle le fist de gre
Sy com listoire dit nous a
Quant son propre filz espousa
Fy ceste loy fut trop honteuse
Orde vile ⁊ intenseuse
Et pasiphe qui fut royne
Soubz vng thorel se mist souuine
¶ Comment pasiphe vile tache
Trop plus infame quung bourreau
Se mist en la peau dune vache
Pour abiter a vng thoreau

Pasiphe fut de peau couverte
Par sa luxure trop apperte
Au simulacre dune vache
Ou il auoit vne creuache
La mist pasiphe sa ioincture
Et eust du thorel la poincture
Ausy com vne beste brute
Raison pour pute la repute
Sy la fist trop folle enuahye
Dont elle deust estre haye
Et en tous lieux deshonnoree
Pour beste fut enamouree
Fedra aussy par grant maleur
Veist vng thorel en sa chaleur
Grant et hardy sans nulle tache
Qui couroit apres vne vache
Dont elle print telle arsure
Quelle bruloit par sa luxure
Tant quelle conta sa querelle
A vne vieille maquerelle
A laquelle se conseilla
Et que pas ne la dessella
La vieille infaicte fist pache
A faire de boys vne vache
Ainsy quelle fut proposee
Par dedal..s fut composee
Bien faicte couuerte de peau
Ou dune vache ou dung veau
Et se fist dedans tapponner
Affin que mieulx peust friponner
Le thorel entra par la porte
Et a la royne se transporte
Cuydant que ce fust vne vache
Qui fust pour luy la a lestache
Dessus elle sabillita
Et la royne habita
Et engendra minostorus
Lequel fut par lart dedalus
Prins et enclos en vne tor
Pour le mal qui faisoit au thor
La moitie du corps sembloit
Vng beuf : a lautre resembloit
A forme dhomme proprement
Et pource veritablement
Dedalus en fust dessella
Et le grant peche reuella
Pour cela qui fist lestatue
Ou fedra eut le cul batue
Pourquoy il fist elles de cire
Et passa la mer tout de tire
Sy au roy fust este rendu
Pour le peche il fust pendu.
¶ Comment pasiphe fist son pere
Morir a tresgrief vitupere
Pour sa luxure manifeste
Elle luy fist copper la teste.

Mais pasiphe dont iay parle
Elle fist tant par long parle
p folle ardeur a pour meschief
Qua son pere coppa le chief
Plus chaulde fust que vng heaulme
Et puis esseilla le royaulme
Et pource s'la fut crueuse
Ribaulde a luxurieuse
Et de paresse renommee
Cest es perilz derner nommee

Raige nest de sy chaulde flamme
Qui estaingne chaleur de femme
Plus aspre plus fort est leur raige
Qui nest tempeste et oraige
Comment mirrea a son pere
Fist le contenu de lystoire
Apres boire de vin ung lot
Ainsy que les filles de loth.

Irrea ne craint vitupere
Elle coucha auec son pere
Et souffrit la coulpe charnel
Cōtre loiaulte paternelle(le
Les filles loht aussy pecherent
Auecques leur pere coucherent
De vin le vont tant abreuue
Que en la fin fut enyure
Le vin sy fort le surmonta
Que sur ses deux filles monta
Auec leur pere sont couchees
Et en neufz moys puis acouchees
Comment venin soupt le triacle
Le vin fist celluy iour miracle
Par ses filles fust assailly
Disant le monde est failly
Se tu nes asses fait appert
Tout le monde annuyt se pert
Se mirra iut auec son pere
Sy fist bilis auec son frere
A payne men pourroye taire
Canace iut auec mottaire
Son frere charnellement receut
Par luxure qui la deceut
Hedye fille au roy de crette
Ne fut pas en amours discrete
Elle ayma damour illicite
Esprise fut pour ypolite
Filz de son mary theseus
Quant du pot ot les telz eus
Coingnier se fist a son fillastre
Venus en fist folle marrastre
Philis fist trop grant dyablerie
Sy folle ne fust establie

Comment philis damours emprise
Se pendit pour sa paillardise
Car trop demouroit son amy
Tard leusse fait pour son mary

I chescune sy fortunee
Par luxure desordonnee
Trop honteusemẽt se rendit
Quãt pour demophon se pẽdit
Je ne scay qui la faisoit pendre
Fors quelle ne pouoit attendre
Pour desespoir qui la menoit
Et que son amy ne venoit
Neufz foys ala iusqua la roye
Puys se pendit de sa courroye
Dydo royne de quarthage
Reffist aussy vng grant oultrage
Pour eneas qui fut son hoste
Qui luy auoit coingne la coste
Dydo fist forment a blasmer
Quant eneas vit en la mer
Qui sen venoit en lonbardie
Elle fut trop folle hardie
Toute grosse denfant sentant
En criant ⁊ en lamentant
Par folle amour sy se mua
Qua ses propres mains se tua
¶ Comment dydo qui estoit royne
Par luxure vint a ruyne
Soccist de la propre espee
Questoit a son amy euee.

E lespee qui fut tiree
Sen est pmy le corps frappee
maint exẽple en puis amasser
Dont pour briefte me faict passer
Quiconques dit que les pucelles
Portans tetines ⁊ mamelles
Soyent plus froides que les masles
Perdre puist il bources et escailles
Saulcun en a determine
Il na pas tout examine
Car par sainct acquaire daspre
Leur chaleur est assez plus aspre
Et en plus grant ardeur se mue
Femme soubz homme se remue
Mais a present nous en taisons
Lacteur y met plusieurs raisons
Et dit que les femmes plus ardent
Et leur sang plus souuent espardent
Que lomme ⁊ plustost ont desir
Dauecques le masle gesir
Hugusse mesme auant lafferme
Quelle desire plus le terme

De ses anges la femme nomme
Car elle est plus ardant que lomme
Ou de souvrir par femurailles
Chauldes sont dedans les courailles
Et moult ayment le ieu des cuisses
Piens que froide trouver les puisses
Humeur froide mal se digere
Sy a besoing telle matiere
Despurger par arigoter
Et en lange trestout getter
Froit & chault se congrut ensemble
Vielle y fait besoing se semble
Dont est plus aspre la luxure
Qui est causee de froidure
Leur nature est froide & foible
Au pres de lomme se redouble
Ouide dit que femme est chaste
Quant nul ne la requiert ne taste
Attendu leur concupiscence
Le pape leur donne licence
De marier sans dilayer
Pour le charnel treu payer
Pource que ne peuent attendre
Gaires sans eulx donner ou vendre
Sy croy ie par mon iugement
Que perrette vit chastement
Combien que par sainct dominique
Soit felonnesse & trop inique
Les fẽmes q̃ sõt amoureuses
Dont cõdiciõs merueilleuses
Aux villaiges sõt les moins
fieres
Plusieurs sen donnent par prieres
Aux gentilz ne conuient que place
La noble voulentiers soulace
Mais que soit en lieux conuenables
Femmes de citez sont prenables
Vaincre les conuient par donner
Car riens deulx ne veullent donner
Toutes sont vaincuees par don
Se iay mal dit ien quiers pardon

Les nonnains les religieuses
Se tiennent pour trop precieuses
Par leur espirituaulte
Assez ya de cruaulte
Pource que de chair ont grant faulte
Pou en ya basse ne haulte
En toute la religion
Qui nait charnel affection
De soy conioindre charnellement
Prouuer le puys solennellement
Par argument assez prouuable
Car tout ainsy com le mouuable
Tend au fichier et le desire
Et lait a veel puis ie bien dire
Que toute chair en verite
Desire la charnalite
Cest a dire ne tenez a fable
Toute chose quiert son semblable
Qui fossez & palays feroit
Et les vaches enfermeroit
Chascune vouldroit repairer
Et retourner a son arrier
Prenez la raison naturelle
Et laissiez lesperituelle
Nonnains faingnent peres & meres
Cousins parens & seurs et freres
Langoureux & en maladie
Elles le font quoy que lon dye
Affin dissir hors de leur cloistre
Pour faire charnellement croistre
Leur quoniam & leur quippe
Tout est par elle dissippe
Par le pays sen vont esbatre
Qui a elle se veult embatre
Par elle sera confondu
Mieulx sera plume & tondu
Que se les larrons lencontroyent
Ou se les bretons le prenoyent
Tousiours en aurez cincq pour vne
Ne vous priseront vne prune
Se vous ne leur donnez souuent

Cest lusaige de leur conuent
Dont veult auoir la messagiere
La maistresse la chmberiere
Et la mastronne et la compaigne
Trop fol est sil qui sacompaigne
Au iourduy soubz turlupinage
Trouueroit on en tapinage
Enuie dol ypocrisie
Pensee par fraude brisie
Especiallement des beguynez
Dardoir au feu damours sont dignez
Car il nest sy peruerse chose
Quaut leur burlette est bien desclose
Et elles sont bien adroit pinctes
Et dessoubz larges robes ioinctes
Plus simples et precieuses sont
Tant plus luxurieuses sont
Elles sont le catimini
Mais par le verbo domini
Elles treuuent bien leurs ribaulx
Qui les attendent soubz les saulx
Conuertes sont quoy que len dye
Du mantel de papelardie
Le beuf beent le thorel quierent
On les fiert et elles reffierent
On les barigote on les luist
Tout nest pas or quanques reluist
Il a de bons estudians
Et religieulx mendians
Jacoit ce quaulcunes gens dient
Qua leur seul prouffit estudient
Je considere quilz sont hommes
Naturelz aussy com nous sommes
Pource nay voulente de mordre
Sur les freres ne sur leur ordre
Pour briefte a tant me deliure
Combien que maint en sont deliure
On ait assez versiffie
Et leurs meurs diuersiffie
Sy fist maistre iehan de mehun
Tous les reproucha vng a vn

Au chapitre de faulx semblant
Je men tais sy men voys emblant
Le chemin que iay commence
Je pourray bien estre tence
Cest pour bien quanque ie diray
Cy apres men escondiray. (taire

Es vielles ne me puis plus
Je vueil parler d leur affaire
quãt les fẽmes sõt deuenuez
Vielles ridees et chenues
Et perdent leur propre chaleur
Et sont de petite valeur
Lors couuient il a elle ioindre
Vielle sauate se veult oindre
Je nen metz hors grasse ny grosse
Se la vielle estoit sur la fosse
Qui de coingnier luy parleroit
Ses vielz os remuer feroit
Prenez la vielle pautelue
Par sa baricoque pelue
Habondamment la feriez rire
Cest ce que vielle plus desire
Sarra fut vielle et esdentee
Ne sembloit pas entalentee
De recepuoir charnelle coupple
Mais assez tost se rendit soupple
Quant elle sceut quenfans auroit
Dart de lyesse la nauroit
Vielle rit quant elle suppose
Quon luy fera la bonne chose
Cest coustume de vielle femme
Despuis que viellesse lentame
Elle sault la ieune sy tire
Pour au ieu damour introduire
Par ses ditz et par sa parolle
Les fait dancer a saquarolle
Aussi com le viel cheualier
Quant il est pansu et dalier
Sceut aux enfans ses armes rendre
Pour eux aduiser et apprendre
Et les introduit et enseigne

A porter armes ⁊ enseigne
Tout aussy la femme viellette
Met au mestier mainte fillette
Et des siennes ⁊ des estranges
Pour faire batre en leurs granges
Et les instruit en amourettes
Pour cueillir roses ⁊ florettes
Et au besoing ne se veult faindre
Des dames aourner ⁊ paindre
Maintes nouisses soubz leur umbre
En sont deceues ⁊ sans nombre
Qui croyent leurs enseignemens
Leurs fraudes ⁊ leurs oingnemens
Ne fut pas celle grant renarde
Qui par oingnemens et moustarde
Faisoit sa chiennette plourer
Pour galiathee defflourer
Et disoit ma chienne qui pleure
Doit bien hair le iour ⁊ leure
Que vers son amy fut sy dure
Or voy quel tourment elle endure
Certes elle estoit iouuencelle
Ma fille fut ⁊ ma pucelle
Et estoit pasquete nommee
De son amy forment aymee
Il laymoit iusques au mourir
Mais elle ny voult secourir
Non pas escouter sa priere
Vers luy fut despiteuse ⁊ fiere
Et pource dieu ceste pasquette
Mua en forme de chiennette
Dieu fist iadis de sa main belle
Homs et femmes masle ⁊ femelle
Beaulx instrumens leurs apresta
Et daymer les admonnesta
Pour faire es choses ioyeuses
Filles ne soyes orgueilleuses
Se la clergie en fait deffense
Cest mal dit qui a droit y pense
Pourquoy dient ilz le contraire
De la chose qui conuient faire
Il nen est nul tant soyt il saige
Qui naist la coustume et lusaige
De gesir auecques moullier
Ilz sen vont tous nudz despoullier
Quant seul a seul veullent desduire
Leur commandement ne doit nuyre
Aux faitz non pas aux ditz prens garde
Sy ie te mens ie vueil quon marde
Cest euure nest pas reprouuee
Ou seroit ceste loy trouuee
On doit obeir par droicture
Aux commandemens de nature
Je le te dy en verite
Quil est pure necessite
Prester a euure naturelle
A iouuencel ⁊ a pucelle
Dieu a fait la porte au ventre
Affin que preapus y entre
Sil voulsist on la tenist close
Si ne conuient pas longue glose
Ceste sentence est toute voire
Et daultre part cest fort a croire
Que dieu qui est pere de vie
Condempnast lamant pour lamye
Ce seroit chose trop inique
Le cueur qui a aymer sapplique
Ayme dieu ⁊ tient en chierte
Mais ie hay orgueil ⁊ fierte
Dieu ayme le cueur amourable
Ceste chose est fauourable
Pource ne la doit nul blasmer
Quant dieu voit lamant pariurer
Il rit et est plain de lyesse
Amour est droit fait de noblesse
Et veult le cueur loyal ⁊ ferme
Le dit du poete lafferme
Fol est qui contre amour estriue
Lasse moy: ce ceste chetiue
Eust souffert comme debonnaire
Ce que son amy vouloit faire
Elle le eust temps en vie

Car belle estoit ieune et iolie
Or est chiennete deuenue
Et ploure comme beste mue
Quant la chose fut relatee
Bien y entendit galatee
Incontinant son amy mande
Si com la vielle le commande
Souffrit faire le ieu damours
Sans faire noise ne clamours
Le varlet plain de vasselaige
Luy osta lors son pucelaige
Et elle le voult bien car elle
Obeyt a la maquerelle
Apres luy fist on faire estuue
Et bangnier dedans vne cuue
Pour les peaulx toutes reparer
Et pour la royne mieulx parer
La vielle querist plusieurs racines
Et herbes & de medicines
A galathee en fist buuraige
Affin que pour son fol ouuraige
Ne peust pas enfant concepuoir
Qui veult leur mauluaistie sauoir
Pour conuoytise & pour largent
Qui nuyt & iour bruit et art gent
La vielle se entremettra
Et de guerir luy prommettra
Mais saichiez sil est qui le croye
De soy mesme se fera proye
Quant le cournart est eschauffer
Par la malice du chault fer
Vous lentendez bien: dum tassac
Il se mettroit dedans vng sac
Lors ainsi sont prouuez & sceuz
Ouide en fut bien deceuz
Qui cuyda trouuer iouuencelle
Damours espris soubz sa forcelle
Vint par nuyt pour trouuer le lit
Ou len luy promettoit delit
Mais la vielle si supposa
Ne scay comment faire losa

Tromppez en sont daultres assez
Mains maulx sont par vielles brassez
Aduise toy vielle lermeusse
Palle froncee & chacieuse
Temps est damander son vsage
Len conteroit en ton visage
Les ans que tu as a plante
Dont te vient folle volunte
Recouurer ne peuz ta iouuente
Plustot passe que vent ne vente
Huy lay de demain seras pire
Car chascun iour ton fait empire
Celer ne te peuz par oincture
Par oingnement ne par paincture
Tu resemble par couleur fainte
A lymage par dehors paincte
Par dedans est laide & obscure
Ny a fors laidure & ordure

Fême plus voulêtiers deuine
Que noyt la parolle dinine
Toutes croyêt en sorceries
En anguis en maqueleries
Les choses aduenir deuinent
Oncques de deuiner ne finent
Par sort ou par chant des oyseaux
A to⁹ maulx tendêt leurs ruisseaux
Et ainsy com par soubhaydier
Tout ce qui peust nuyre ou aidier
Veullent enseigner & sen vantent
Ainsy les folles gens enchantêt
Et les crapaulx vestent de robes
Et de draps y leurs faulces lobes
Et forment lymage de cire
Au feu les font rostir & frire
Pour les cueurs des amans vller
Que maulx feuz les puissent bruler
Elles mettent en la paelle
Le viel chat a grise cotelle
Au feu luy font les piedz chauffer
Dedans arain ou dedans fer
Bien lye dessoubz vne late

Neron belzebuth et pylate
Et denfer la puissance toute
Adorent et nen nont pas doubte
Graces leur rendent a louanges
Par tarentes et rettouanges
De sebille paisent loffice
Au grant dyable font sacrifice
De cornes de chieures brulees
Par fumees dissimulees
Pour tous les dyables esmouoir
Pour accomplir leur estonnoir
Par les tombeaux amblent les corps
Des enfans et des hommes mors
Et en leurs entrailles sescondent
Mauluais esperitz qui respondent
Au moustier emblent la hostie
Ou la saincte foy fust bastie
Certes vielles font trop dennuys
Elles vōt aux gibetz de nuytz
Prendre les cheueulx et la corde
Du pendu cest chose trop orde
La mort de lame est auancee
Par leur faulce ingromancee
Medee ce dit le poete
Jadiz fille du roy de oete
Fut sorciere a enchanteresse
En magique fut grant maistresse
Les herbes congnoissoit chascune
Et linfluence de la lune
Au mouton dor fit la cloison
Dont iason enquist la toison
Bien y ouura de sa science
Dont on blesse sa consience
Elle fist mainte desuerie
Par magicque par sorcerie
Encor la vielle orde et sale
De la bataille de thessaille
Les gens de plusieurs nations
Conquist par coniurations
Lesquelz deuoyent vaincre a lespee
Ou iulle cezar ou pompee
Elle faisoit la terre fendre
Pour les respons denfer entendre
On dit que la femme sans fable
Scet de plus vng art que le dyable
Je croy qui dit bien de ce voir
Car vne me voult deceuoir
Que ie ne vueil pas accuser
De ses pouldres me fist vser
Charmees et enuenymees
De plusieurs espices lymees
Ou il auoit mainte retaupe
De piedz de chat de piedz de taulpe
Maplennoya et atoucha
Au lit ou tout nud me coucha
Je iure sainct martin le pas
Que perrette ne fut ce pas
Veilles cheuauchēt les balais
Par cours p salles p palays
Cōme vēt sen vōt p le mōde
Au cōmēdemēt dame habōde
Par fenestres par huys par portes
Entrent ia ne seront sy fortes
Et se boutent par les creuaces
Et ny apparent point les traces
Et par nuyt dessoulent les hommes
Quāt endormy sont en leurs sōmes
Faulcement vueillent maintenir
Qui nest riens quil les peust tenir
Quancqs elles veullent emprandre
Font et le donnent a entendre
Quil aduient par necessite
Et quainsy est en verite
Et ce font les deuineresses
Ainsy que ce feussent deesses
Des choses qui seront et furent
Entreulx se vantent et pariurent
Que par nuyt ont veue dyane
Plus fort noire que thyophane
Grans compaignes et grans cohortes
Tant dhommes que de femmes mortes
Cheuauchans parmy la compaigne

Et ont este en leur compaigne
Par elle sont abominees
Les fortunes & destinees
Elles se vantent de scauoir
Mais ia nen dira lune voir
Elle se vantent de garir
Et les maladies tarir
Les choses perdues reuellent
Dont plusieurs chetifz se querellent
Ou ont plusieurs foys estriuez
Que elles ont dyables priuez
En vne boyste en prison
Et dient par leur mesprison
Que les choses souloyent voir
Ou en vngle ou en miroir
Ainsy follement prophetisent
Et les folles gens abetisent
Saul a enquerre sa mort
De samuel apres sa mort
De sa demande ot il responce
Qui par femme luy fut esconse
Ce fut vne deuineresse
Foituriere & enchanteresse.

Riefmẽt repeter me cõuient
Ce q̃ iay dont il me souuient
Pour mieulx ramener a me/
Bien est dit & bñ fait (moire
Quẽ fẽme a moult d reprouche (accroire
En fait: en dit: en cueur: en bouche.
Comment elles sont variables
Et comment elles sont muables
Maintz exemples auez euz
Les plus grans en sont deceuz
Par leur art & par leur fallace
Voulentiers plus briefment par passe
Mais leurs faitz me conuient descrire
Ceste matiere le desire
Qui ne veult pas que ie repose
Assez est plus asseure chose
Dung serpent en son sain mucier
Quauec male femme embuscher

Les barons & les grans prelatz
En ont maintesfoys dit helas
Qui pourroit homme surmonter
Ne pourroit il femme doubter
Elles pleurent quant elles veullent
Par oingnons exiter se seullent
Jay parle du pelerinage
Ou elles vont en tapinage
Par leurs fraudes & leurs malicez
De la chair querent les delicez
Au retourner plaingnẽt les plãtes
Car en leurs mẽbres sont dolantes
A leurs mariz dient merueilles
Des sacrefices et des veilles
Mais chascune pas ne confesse
Com elle a este mise en presse
Las est auiourduy grant douleur
Que femme playne de foleur
Seigneurisent par leurs infames
Et surmontent les preudes femmes
Elles sont par tout bien venues
Et preudes femmes sont nues
Fy de ieunesse et de beaulte
Ou il na point de loyaulte
Les malles sont a redoubter
On ny deuroit foy adiouster
A riens que malle femme dye
Quant a sa femme repudye
Ou le courage de son vice
Elle fait tant par sa malice
Et tant de ses las luy fait tendre
Que il ne scet auquel entendre
Elle luy dit quelle est samye
Et sans luy viure ne peust mye
Et que leurs deux chars sont toute vne
Et quilz ont par raison commune
Leurs deux corps ensemble tessus
Cy comme iay dit cy dessus
Au chapitre de reueler
Les secretz quon ne scet celer
Les hommes sceuent affoler

Par baisiers pour acoller
Et leurs mal talans rapaisier
De iudas donne le baisier
De celles qui font adultere
Je le dis ie ne men puis taire
Quil ny a nulle tant soit digne
Qui nait la pensee maligne
Sy tost que cest vice la mort
Chascune desire la mort
De son mary par faulx usaiges
Combien quilz soyent bons et saiges
Maintes en sont telles prouuees
Et par iustice reprouuees
Et de tout office publique
Prouuees par leur fait inique
Se la loy aulcun bien leur donne
Ce nest mye pour leur personne
Ne ce nest mye pour leur noblesse
Ainçoys est fait pour la foiblesse
Du feminin sexe muable
Et corrompu et flechissable
En ung estat point ne demeurent
Mais ensemble rient et pleurent
Cest forte chose ce me sembla
De rire et plourer ensemble
A peyne se peuent attraires
En ung mouuemēt ces deux contraires
Lautre qui fut de moy plus saige
Dit que cest des femmes lusaige
Quāt il leur plait leurs larmes faingnēt
Et leurs yeulx a plourer enseignēt
Car tel plour leur vient de foleur
Non par force ne par douleur
Dont par dehors rire et plourer
Peut ensemble bien demourer
Je te pry que cy estudies
Qua femme tes secretz ne dyes
Dexemples auras plaine hote
Car si tost quil ya riote
Qui son secret dit leur auoit
Toute la ville le sauroit

Tant ya de perilz que nulz
Nen diroit les maulx aduenus
Sanson qui fut des fors du monde
Fut blecie par folle faconde
En ce fut plus rude que bugle
Par son parler fut fait aueugle
Quant il son secret reuela
Dont sa femme leschevela
Mieulx luy vaulsist sestre teu
Car se ses amys eust eu
Ses ennemys qui le greuerent
Et par maintesfoys le guecterent
Nen peussent pas a chief venir
Sa langue ne peut retenir
Tant dist a dalida la blonde
Que de traison nestoit monde
Aux deux luy dist si fist que fol
Le meschief luy vint sur le col
Micheas dit garde ta bouche
Vers celle qui auec toy couche
Garde bien quant elle tembrace
Que chose qui a celer face
Ne luy soit ia par toy nommee
Aussy le dit bien ptholomee
En almageste son beau liure
Que des grans perilz se deliure
Homme qui saigement se faint
A ce que sa langue refraint

Ung hom se veult a lessay (mettre
Et fist a sa fēme promettre
Que loyaument le celleroit
Elle iura que ce feroit
Il luy dist il mest aduenu
Jay pontz ung oeuf assez menu
Couchier sen alla deschaussee
Au matin ains que fut chaussee
A sa commere print adire
Je ne me puis tenir de rire
Mon mary de pondre ne cesse
Deux oeufz a pond or sen confesse
Lautre sen va a sa voysine

Querir du feu a la cuysine
Et luy dist tu orras merueilles
Lieue sus a sy tapareille
Il ya vng homme en ceste rue
Qui pond les oeufz comme vne grue
Quattre oeufz a pond comme vne soigne
La tierce doubla la mensoingne
La chose tant se publia
Et tellement multiplia
Quon luy mist sus des oeufz cinquante
Voire en la fin plus de soixante

¶ Comment vng homme esprouua
Sa femme que malle trouua
Et aux sergens dist par sainct cosme
Mon mary a tue vng homme

Vng aultre saige voult scauoir
Quelle fēme il pouuoit auoir
Son fait doit on bien raconter
Il fist vne truye tuer
Et la mist a sa voulente
Dedans vng sac ensanglante
Au lardier ou len met le lart
Pour veoir de sa femme lart
Luy dist seur il mest mecheu
Certes ie suys trop deceu
Se tu nentens a moy celler
A conseil la va appeller
Et luy dist iay occy cest homme
yuresse qui les gens assomme
Pour trop boire le me fist faire
Pense de celler mon affaire
Elle luy promist et iura
Mais asses tost se pariura
Entreulx y eut riote esmeue
Pourquoy la chose fut sceue
Gaires de temps ne demoura
A ses voisines reuela
Que son mary le fol meschant
Auoit murdry vng bon marchant
Et quil estoit dessoubz la quesse
Le iuge voulust scauoir quesse
Sy com estoit de son office
De la femme apparut le vice
De sa langue malle affillee
La truye trouua empilee
Dedans le sac ou estoit mise
Et sallee par bonne guise
Lors fut la femme contempnee
Et par sa bourde condempnee
Comme iangleresse menteresse
Et medisant et tanceresse
Quant dieu a pasques suscita
Len demande qui lexita
Ne pour quelle raison cestoit
Que primier se manifestoit
A femme quil ne fist a homme
Len dit par sainct pierre de romme
Que dieu qui est vraye science
Des femmes scet la conscience
Que telles sont que riens ne cellent
Et que toutes choses reuelent
Dieu ne veult leur vs oublier
Donc pour soy faire publier
Les femmes visita primieres
Car de iangler sont costumieres

Par ce quay dit pouez scauoir
de mentir fēmes ont scauoir
Encor orrez dung aultre tour
Ung ialoux dedans vne tour
Gardoit sa femme bien sarree
Fors que tant pas nestoyt ferree
Le ialoux il fist troys huys faire
Et de clefz y auoit troys paire
Mais en la fin fut deceu
Il auoit a vng soir beu
Et sendormit apres soupper
Cest ce qui le fit encoulper
Sa femme ses clefz luy embla
Auec son amy sassembla
Pour mener sa iolivete
Il le tint en grant priuete
Et la receut faisant grant ioye
Lamant rit quant il tint sa proye
Auoir ne peut plus qui luy plaise
En despit du ialoux la baise
Le ialoux petit sommeilla
Car ialousie lesueilla
Quant la chose luy fut apperte
Moult fut courrouce de sa perte
Criant sen vint a la fenestre
Et disoit dieu que peut ce estre
Ma femme ou es tu allee
Hors de la tour es auallee
Bien ay le mal que tu conspire
Demain en souffreras martire
Lors reuint la femme courant
A son mary dist en plourant
Je vous pry pour la madelaine
Que ne me faciez souffrir payne
Espargniez moy ie iureray
Que plus ne vous courrouceray
Je nay pas vostre tour muee
Issue suys par destinee
Non mye par legierete
Sy ne me doit estre rete
Pour dieu ayez de moy mercy
Ne me faictez pas trouuer cy
Sen vous mercy trouuer ne puys
Je myray noyer en ce puys
Il respond de felon courage
Et tout emeu de folle rage
Ceans ne mettras pie ne main
Je te feray souefrer demain
Tu auras honte et amertume
Selon la loy et la coustume
La nuyt estoit noire et obscure
Elle prist vne pierre dure
Et dedans le puys la getta
Adonc le mary hors saulta
Qui la cuydoit noyee ou morte
Sy tost quil fust hors de la porte
Elle entra ens et luy ferma
Et luy iura et afferma
Quil compartoit celle enhaye
Ne se tint pas pour esbaye
Aux guectes cria ca venes
Tantost ce ribault me prenes
Il fut prins et mys en prison
Oncques mais ne fut si pris hom
Sa simplesse le fist confondre
Quant il ne scauoit que respondre
Sy fut batu et escharny
Pource fait bon estre garny
Encontre celles qui decoyuent
Ceulx qui leurs mensonges recoyuent

Comment clement trouua en estre
Berthe couchee soubz vng prestre
Clement cuyda monstrer vertu
Mais en la fin fust bien batu

A propos vo⁹ diray cautelle
oncqs mais vo⁹ noistes telle
clemēt trouua sa fēme berte
dessoubz vng prestre descouuerte
Le prestre lauoit estoupee
Clement tira sur eulx lespee
Sy leur conuint laissier leur euure
Berthe sault sus et sy le queuure

Son mary tient ⁊ prent a force
A pou que les poings luy escorce
Le prestre ayda touteffoys
Elle cria a haulte voix
Sur clement qui fust bon ⁊ gent
Tenez mon mary bonnes gent
Hors du sens est et forcennez
Haro pour dieu bien le tenez
Il nous vouloit tous deux tuer
Ne le laissez esuertuer
Puys luy disoit ha monseigneur
Qui oncques veit raige greigneur
Clement las dieu te maintiengne
Doulx amy de dieu te souuiengne
Ne scay quelle forcennerie
La mys en ceste resuerie
Na gaires que saige estoyt
Cest prestre ayde me prestoit
Pour moy aydier est cy venu
Ou il me fut mal aduenu
Berthe qui de croix se seignoit
Deuant les voisins sy faingnoit
Ceste mensonge et ceste bourde
En se faingnaut estoit sy lourde
Qua clement ne laissoit mot dire
Lune le boute laultre le tire
Prins fut a la terre abatuz
Lyez ⁊ de verges batuz
Troys iours luy dura ceste haire
Au fort il luy conuint paix faire
Tant doubtoit les coups de bertrain
Que tout pardonna pour certain
Or voy liseur ⁊ fay memoire
Quon ne doit pas aux femmes croyre
Qui ainsy pariurent et mentent
Dont plusieurs plourent ⁊ lamentent
Orgueilleuses ⁊ affrontees
Et de grant orgueil surmontees
Sont les femmes communement
Bien lay dit au commencement
Cy dessus en aulcuns chapitres
Dont len trouuera bien les tiltres
Sy nest besoing quon les repete
Pource que briefte me compete

Ve premiere se orgueillit
Si grãt orgueil en soy cueillit
Que bien cuyda estre deesse
De cieulx vouloit estre abesse
Et sur les estoilles voler
Son orgueil la fist affoller
Par elle vint calamite
A toute la posterite
Sathan ses filles maria
Au siecle les apparia
Orgueil fut marie aux femmes
Dont orgueilleuses sont les dames
Clergie espousa symonie
Par qui loyaulte est honnye
Ypocrisie auec ses signes
Et aux moynes ⁊ aux beguynes
Et aux aultres religieux
Qui sy faingnent les precieux
Rapine qui est pillerie
Prist a mary cheualerie
Sacrileige est aux vsuriers
Et aux faux laboureurs laniers

Fraude que len dit tricherie
Se maria a mercerie
Les marchans sy sont espousee
Et sont mouilliez de sa rousee
Aux bourgoys se coupla usure
Laultre fille qui est luxure
Nest encor a nulle donnee
Mais a tous est habandonnee
Sans garder loy de mariage
Luxure quiert son auantage
Et sen va deca et dela
Car cil qui plus en donne la
Or laissons cy des aultres filles
Pareilles ne sont pas les billes
Et traictons dorgueil seulement
En procedant isnellement
Femme orgueilleuse se desforme
En delaissant sa propre forme
Orgueil sy la fait estrangier
Et la fait muer a changier
A honte est a affrenee
Et ses cheueulx ensaffrenee
Elle se painct et renouuelle
Pour mieulx paroir a estre belle
En sa chambre a plusieurs boestes
Ou il ya doinctures moestes
De choses de plusieurs couleurs
Par orgueil fait trop de douleurs
Adiouster veut a sa personne
Ne luy souffist ce que dieu donne
Orgueil surmonte toutes choses
Qui sont dedans le ciel encloses
Femme orgueilleuse bien se monstre
Qui nest nul sy horible monstre
Enuiron soy porte les signes
Qui a la chimere sont dignes
Car selle est dame ou damoiselle
Deuers la queue semble oyselle
Vers la queue maint mal sespend
Et resemble a la serpent
Deuers la poictrine est lyon
Il ne peut que ny oublyon
Ou en port ou en alleure
Elle a en sa cheueleure
Maint estrange cheueu ente
A accomplir sa voulente
Court plus isnellement que lieure
Elle a cornes comme vne chieure
Cest la barbote des chetifz
Paour fait aux enfans petiz
Et par sa fraude faint la simple
Moult a dorgueil dessoubz la gimple
Par dehors monstre sa paincture
Mais par dedans gist pourriture
Et quant elle est bien achesmee
Elle froncist comme vne tree
Qui est femelle du sangler
On ne la peut apoint sangler.
Femme est crueuse vrayemēt
Ou lescripture vraye ment
Qui couure ses iniquitez
Par femme fut decapitez
Sainct iehan qui dieu baptiza
Et qui de luy prophetiza
Herodias le desprisoit
Pource que verite disoit
Par femme fut ioseph lye
Et en liens humilye
En la prison soubz pharaon
En la ville de samahon
Par femmes fut sainct pierre mys
Entre les iuifz ennemys
Femme tant sy le guerroya
Que par troys foys dieu regnya
Femme fit les cloux ce saichiez
Dont dieu fut en croix athachiez
Medee dont iay dit arriere
Fut de ses deux enfans murdriere
Silla occist son propre pere
Ce fut cruaulte trop amere
Gesabel refist grant folie
De son regne chassa helye

Et le bannist hors de sa terre
Aux aultres prophetes fist guerre
Et aulcuns en fist mettre a mort
Nabotz fist lapider a tort
Contre luy fist faulx tesmoingnage
Pour luy tollir son heritage
Cil nabotz auoit vne vigne
Qui luy venoit de droite ligne
Au roy achab la reffusa
Gesabel pource laccusa
Que contre le roy eust este
En crime de leye mageste
Lapide fut crueusement
Et occy par faulx iugement
Dont helye pour cest desroy
Prophetiza la mort du roy
Comme bestes son sang lecherent
En la vigne le cercherent
Dire ne puys multiplier
De chascun fait paticulier
De toutes les femmes cruenses
Qui sont a mal faire engingneuses
Qui de leurs nouueaulx faitz diroit
Le liseur sen esbahiroit
Vng petit icy men deporte
Se la femme estoit ainsy forte
Et ausy vertueuse comme
Len dit vertueux estre homme
On ne pourroit durer a elle
Tant scet dengin et de cautelle
Et ne luy vient pas de nature
Ne de dieu ne de sa droicture
Sathan quon appelle agrapart
y a mys le plus de sa part
Tant est fēme puresse et mauluaise
Que de tous vices est fornaise
Ouide dit en ses doctrines
Femmes sont a tous maulx enclines
Ce que dyent les ancieus
Querez la hors non pas ceans
Sy ne pourroit on opposer
Et au contraire proposer
En blasmant ma conclusion
Que ie dy grant illusion
Car saulcunes femmes sont malles
Et paruerses et ennormalles
Ne sensuyt pas pource que toutes
Soyent sy crueuses et sy gloutes
Ne que toutes soyent comprises
Generallement en leurs reprises
La raison est trop mal farcie
Quant on conclud tout par partie
Logicque sceut redarguer
Ceste maniere darguer
Neantmoings cest euure presente
Qui douleur en mon cueur presente
Ne veult souffrir que riens reclue
Mais commande que ie conclue
Tout oultre iusqua la bonne
Qui ne soit nulle femme bonne
Salomon en narracion
En fait vne admiracion
Que ceste matiere conforte
Qui pourroit trouuer femme forte
Aussy que son disoit en glose
Ce seroit impossible chose
Et puys quil le dit quen diroye
Pourquoy ne men esbahiroye
Encor dist il oultre quassez
Vault mieulx homme naurez cassez
Que femme quant elle fait bien
Dont nest femme qui vaille rien
Je nen quiers aultres instrumens
Or laissons tous ses argumens
Je procede plusieurs manieres
De lieux et de raisons planieres
Suys arme et fortiffie
Et sy suys bien edifie
Sur exemples et sur moyens
Escoutez et soyez me oyans
Bien a lieu ce que ie vous preuue
Que la femme sy com len treuue

Deceut tous les plus grans du monde
Par raison sur quoy ie me fonde
Sy les plus grans sont deceuz
Dont sont sur les menuz cheuz
Len dit en la rue ou ie maintz
Que plus emporte le moins
Qui furent les plus grans seigneurs
Qui oyt parler des greigneurs
De salomon et daristote
Ce ne leur vault vne eschatote
Sens ne richesse ne raison
Tous furent mis hors de saison
Par femmes furent surmontez
Deceuz vaincuz et mattez
Les lieux et la similitude
Dont len scet vser a lestude
Qui pour aimer moult chambellissent
Mon propos forment embellissent

Las ie parlasse noblement
Mais ie suis mene tellemēt
Et trouble par forcennerie
Qui fort me poinct p resuerie
Grant merueille est que puys durer
Tant ay de maulx a endurer
Toutesfoys de mon sens vmbraige
Ay fait des femmes tel ouuraige
Aux heures que iay en loisir
Qui glose ne peut pas choisir
Affin que plus planierement
Vous appere et plus clerement
De ma doctrine que ie baille
Selon les proces ie vous taille
Exemple dont ie vueil vser
Qui ne sont pas a reffuser
Par les exemples nous viuons
Quant du temps passe escriuons
Exemples nous font souuenir
De parler du temps aduenir
Dieu nous chastie en ses parolles
Par exemples de parabolles
Et exemple pour iugement
Cest vng espece dargument
En logicque souuent vsee
Dont loraison est excusee
Pource qui veult a droit plaidier
Dexemple se conuient aidier
Or sen ay de en parlement
Car souuent et notablement
Escheent choses aduenues
Et par exemples retenues
Pource concluray de logicque
Le droit aussy a ce sapplicque
Quon voit souuent continuer
Dont puys ie bien insignuer
Que qui dung meffait est veu
De plusieurs en est mescreu
Par cohuetes sont toutes femmes
Entre leurs causes sont infames
Et reprouuees par nature
Et par droit et par escripture
Des petes diniquitez
Qui de ce sont antiquitez
Poete de droit nest point requise
Qui peut prouuer par aultre guise
Mesmement en chose notoire
Sy concluz affin perhemptoire
Quil appert bien par les premisses
Ce que dessus ay dit de ysses
Le fait a quoy ie me rapporte
Mon propos soustiens et conforte
Nul hom ne purroit mettre en rimes
Tous les vices ne tous les crimes
Des femmes viuans soubz la lune
Qui en trouueroit dempye vne
Poursuyuant daulcun bien la trace
Ce seroit especial grace
Car il naduint vng tel miracle
Puys le temps empereur eracle
De femmes ou tēps q̄ ordure
Voit on gloutounie et ordure
Qui les corrompent meshai
gnent

Et de querir pas ne se faingnent
Choses a eux delicieuses
Ne leur chault sy sont somptueuses
Tant sont gloutes ⁊ dissolues
Que par oultrage sont pollues
Quil leur fait puyr dens ⁊ bouche
En femme na plus grant reprouche
Que de soy par vin enyurer
Yure femme se veult liurer
A tous ceulx qui en veullent prendre
Le vin la fait vomir et rendre
Se dhommes y auoit vng millier
Tous les laroit hurtibillier
Femmes yures sont toutes telles
Aux riotes mainent leurs elles
Et le vaissel erreur desqueuurent
En tous leurs faitz laidement ouurent
Nyces sont ⁊ desordonnees
Et crient comme forcennees
Femme dit ie puis assez boire
Jay grant vaissel et grant clichoire
Se iay bien beu ie pisseray
Par dessoubz quant au pys seray
De gloutonnye vient luxure
Quant on en prent oultre mesure
Cest ce qui fait lauoir despendre
Et les maladies engendre
Et les guerres ⁊ les discors
Que plusieurs comparent des corps
Gloutonnye dont par paresse
De son acord se tient yuresse
Qui les hommes honnist et gaste
La sante toult et la mort haste
Et les fait ors comme pourceaux
Ses disciples sont larronceaux
Et murdriers ⁊ les femmes folles
Il fait bon fouyr leurs escolles
Cathon dit pour yuresse seulle
Ne feiz nul plaisir a ta gueulle
Qui est amye de ton ventre
Le vin nuyt quant trop y entre
Yuresse fait les mains trembler
Et les vertus du corps embler
Et sy fait le foye pourir
Et les mauluais vices nourrir
Ma perrette nest pas yurongne
Mais encontre moy souuēt grongne
Femmes sont paresseuses gloutes
Et a mal faire prestes toutes
Femme mauluaise deuient pire
Tresmauluaise tousiours empire
Tout dire me seroit griefte
Sy men passeray pour briefte
Femme nest pas en ce point saige
Courir ne scet qua son dommaige
La loy dit sy comme ie sens
Que la femme na pas le sens
Ne son amour en soy enclose
Mais par dehors en lueil repose
A lueil dehors son honneur baille
Mais au garder conuient qui faille
Car folye son oeil engroisse
Tant dit que cueur de vaine froisse
Par sa iangle ⁊ par sa parolle
En tous ses faitz est nyce ⁊ folle
Il nest nul bien que femme face
Aincoys le destruit ⁊ lefface
Par fēmes sourdēt maintes guerres
Et homicide en maintes terres
Et les chasteaux ars et pillez
Et les poures gens expillez
Il nest pas de nul guerres vne
Sy com scet chascun ⁊ chascune
Que par femme ne se commēce
Et par sa mauluaise semence
Cest la mere de tout ouutaige
Tout mal en vient et toute raige
Plus aigrement poing que serpente
Nul nest poing qui ne sen repente
Amys amys retien retien
Ne la prens pas pour dire rien
Saiches quil est vray et croy men que

Se toute la mer estoit enque
Terre cornet & par chemin
Fussent les nues parchemin
Et tous les boys estoyent plumes
Pour faire notes & volumes
Et tous ceulx qui sceuent escrire
Aussy tost que len pouroit dire
Escriuoyent sans reposer
Ne pouroyent ilz exposer
Escrire ne ramentenoir
Signifier ne concepuoir
Tous les maulx ne tous les diffames
Que len pourroit trouuer es femmes
Aulcuns sont folz qui tant
mesprennent
Que femmes espousees prenent
Cest pour leur nom continuer
En ce monde & perpetuer
Deux & de leurs hoirs la memoire
Mais ilz sont plains de vaine gloire
Certes iaymeroy mieulx viure
Joyeulx & de femme deliure
Que en mon courage plourer
Pour faire mon nom demourer
Voir est que tel espousera
Qui ne scet quel son nom sera
Car la gloire du nom est vayne
Mais la mort est a tous certaine
Silz sen marient telz soixante
Qui nauront ia enfans nenfante
Et telz enfans auoir pourront
Qui en briefz termes se mourront
De ce ne voy nul escriuant
Qui tant feront a leur viuant
Par fortune dure & amere
Qui courroucceront pere et mere
Et que leur bonne renommee
Sera par leurs faictz diffamee
Et leur bon nom sera greue
Doncques nest hom point releue
Qui son nom sur ses enfans fonde
A vng sil pourt tout lor du monde
Quant on ot sonner la bancloche
Le cueur au corps de paour esloche
Len nose leuer oeil ne chiere
Que aulcun meschief ne sy fiere
Es enfans qui sont par la ville
Des perilz y a plus de mille
Tousiours y a cremeur & doubte
Cest que le dyable ne sy boute
Et que les enfans ne meffacent
Ou que cheuaulx ne les deffacent
Ou que par malle conioincture
Ne leur viengne malle auenture
Ou aulcune maleurete
Dont ny a point de seurete
Prenez a escouter respit
Nayez pas ces motz en despit
Pourquoy veult hom enfans auoir
Les enfans desirent lauoir
Et les richesses de leur pere
Je ne puys celler q̃ nappere
Comment enquieret de leage
Pour apres luy prendre peage
Et comment les choses conuoitent
Et par quelz pointz ilz en exploictent
Ce qui est acquis a grant cure
Despendent et petit leur dure
Tout gastent & ne leur souuient
Comment est acquis & dont vient
Ilz considerent pou la peyne
Il vault mieulx cest chose certayne
Estre sans enfans & sans femme
Que pour eulx perdre corps & ame
Qui auroit sa deuocion
De faire hoir par donnacion
Il en pourroit trouuer amys
Plus que tel ou son cueur a mys
En ses propres hoirs tous soudains
Que de ses enfans fust certains
Comment apres sa mort feront
Ne comment ilz se porteront

Chascun filz vouldroit que son pere
Mourut demain de mort amere
Pose quil fut ou poure ou riche
Se riche est saichez sans triche
Que pl⁹ vauldroit sa mort sans doubte
Pour auoir sa richesse toute
Sil est poure il na de quoy viure
Il en vouldroit estre deliure
Affin que du syen ne luy baille
Il en ya pou qui riens vaille
En quelque cas que len peust dire
En lescripture pouez lire
Jay filz nourry ⁊ esleue
Par luy suys despriz et greue
Absablon moult se desroya
Dauid son pere guerroya
Tollir luy voult ceptre et couronne
En vituperant sa personne
Ne fut pas filz ains fut tirant
Dauid le plaint en souspirant
Quant il fut mort par son oultrage
Dont fait son soupr mariage
Se ta femme par auenture
Ne peut auoir a nourriture
Enfans ne de toy concepuoir
Elle te vouldra deceuoir
Ainsy que par enchantement
Te donra faulx enfantement
Et semblera ⁊ changera
Tous tes hoirs desheritera
Et se aulcuns vouloyent dire
Et pour leur nicete escondire
Que mariage est necessaire
Et que seul hom ne peut riens faire
Et que les femmes sont besongnes
Cil qui ce dit petit resongne
Les tourmēs les maulx ⁊ les luctes
Dont les malles fēmes sont duictes
Chascun y quiert sa propre mort
Trop est fol qui ne se remort
Ung garson mieulx le seruiroit
Car femme le depriseroit
Femme ne se veult asseruir
Quelle vueile lomme seruir
Aumoins ce se nest par faintise
Et sy est commune la guise
Que quant le varlet ne veult faire
Seruice qui bien doye plaire
Hors sera mys et deboutez
Mais la femme point nen doubtez
Vouldra tousiours estre maistresse
Car il nest mais nulle luctresse
Il conuient que lomme sen fuye
Contre fumee femme et pluye
Fuys les perilz ⁊ sy me croyes
Que tu ne soyez mys en broyes
Et qui prent femme pour amour
Apres en fault mainte clamour
Et tristesse ⁊ malle aduentnre
Car pour la chaleur de luxure
Ne se doit faire compaignie
Fors pour cause dauoir lignie
Et pour foy et pour sacrement
Et se les droys trop asprement
Poingnent les gens en mariage
Toutesuoyes bien espery ay ie
Que dieu het antaut com vsure
Ceulx pui se coupplent par luxure
Pour bon exmple en auez atre
Comment tous les sep mariz satre
Le dyable vng et aultre frappa
Mais thobie en achappa
Qui se maria chastement
Et se porta honnestement
Folye est de soy marier
Car on ny peut droit charier.

Ors du sens est ⁊ entaige
Homme qui est encouraige
Despouser fēme pour beaute
On doit noter en loyaulte
Comment vne fieure desface
De belle femme vis ⁊ face

Et ne dure que certain temps
Aussy comme les fleurs des champs
Perdent beaulte en petit deure
Quant sont actainctes de froidure
Pluye ou tourbillon les casse
La beaulte de femme tost passe
A enfanter ont grans douleurs
Les oingnemens et les couleurs
Rident leurs frontz et leurs visaiges
Certes lomme nest mye saiges
Qui veult belle femme garder
Puys quelle se veult paindre et farder
Vng hom viel lappellera
Par faconde la flatera
Et hector pour sa druerie
Monstra sa cheualerie
Le riche pour samour auoit
Luy offrera de son auoit
Et narcisus entour ira
Pour sa beaulte len yurera
Chascun mettra paine a la prendre
Dont par assault la conuient rendre
Qui auroit tous les yeulx argus
Si seroit il tout redargus
On ne sen scet a quoy aherdre
De son gre se laist femme perdre
Puys quelle consent bien quon lemble
On ne la peut garder se semble
Riens ny vault palix ne closeure
Amours vaint et passe nature
Mainte femme est par dehors belle
Que par dedans nest mye telle
Car aulcun vice la laydist
Pource que dessus vous ay dist
Verrez bien se cest voir ou bourde
Et la fin sur quoy ie me hourde
Sy doubt quaux asnes me presente
Ce dit et cest euure presente
Plusieurs pour les atournemens
Et pour les grans aournemens
Des femmes en sont trop deceuz
Quant ilz les ont aux yeulx veuz
Tant les conuoictent que cest raige
Et les prennent en mariage
Ceste erreur na frain ne bride
Pour leur souuient des ditz douide
Commēt les fēmes par leurs trōpes
Par or par pierres ne par pompes
Dont elles font leurs couuertures
Donnent aux chetifz ouuertures
Qui les decoyt plus quamoytie
Ne sceuent quilz ont conuoictie
Qui des femmes le voir recite
Le corps est la part plus petite
Car elles quierent dorures
Et estranges cheuelures
Et de vers et de gris pelices
Bien pourfillees de lectices
Cornes et fronteaux bien polis
Les plus chiers et les plus iolis
Les mariz en sont affollez
Leurs souliers portent decollez
Aguz deuant a la poulayne
Affaictiez de boutre ou de lainne
Cest pour elles faire coingnier
Elles sont moult a ressoingnier
Quant ont les voit ainsy cornues
Et qui les tiendroit en corps nues
Adonc pourroit il sans mentir
Leurs vices veoir et sentir
Elles veullent quon les reueste
De nouuel a chescune feste
Joyaulx veullent renouueller
Leurs couronnes au chappellier
Sy veult chescune de rechiefz
Auoir de nouueaux couurechiefz
Saynture neufue et entailee
Bien doree ou emmaillee
A noel ou a penthecouste
Ceste follie souuent couste
Trop plus que le mary ne gaingne
De son auoir trop le meshaigne

La femme les ioyaulx apporte
Pour soy monstrer deuant sa porte
Pour apparoir belle et iolye
Dedans ses aournemens polie
Mais ceulx sont folz qui les polissent
Mieulx leur feust qui leur tolissent
Les ioyaulx sont occasion
De faire fornicacion
Car quant la femme est mal vestue
Talant na daler par la rue
En sa maison se tient enclose
Elle en vault mieulx bien dire lose
Et elle est plus coye et plus simple
Soubz poure cote ou poure guimple
Combien que soit de forme belle
Vertu gist en poure cotelle
Femme qui veult souuent aler
Aux ieux caroler et baler
Ne peut estre longuement chaste
Car venus de trop pres le haste
A sichem la bonne cite
Aloit a la festiuite
Une iouuencelle benigne
Par son nom fut nommee digne
Fille iacob le patriarche
Grans maulx en vindrent en la marche
Car elle y fut despucellee
Quant la chose fut reuellee
A iacob et a son lignaige
Il en aduint si grant dommaige
Que la cite ilz abatirent
Et tous les citoyens occirent
On seult bruler du chat la pel
Pource que il vient a lappel
De ceulx qui les chatz embler seullent
Que pour la peau point ne le veullent
Qui des femmes ainsy feroit
Et leurs pelissons bruleroit
Leurs queues leurs draps et leurs cornes
Assez en seroyent plus mornes
A bien faire plus curieuses
Et assez moins luxurieuses
Des cornes ne feroyent moes
Ne de leurs grans queues les roes
Ainsi que le paon scet faire
Prenez du corbel exemplaire
Qui dautruy plumes se para
Mais en la fin le compara
Quant le roy la lobe entendit
A chascun ses plumes rendit
Le corbel en fut despouilliez
Et demoura noir et souilliez
Aussy maintz femmes ont corps bel
En ce resemblent le corbel
Apres baisier et soulacier
Veult aux gens les yeulx arachier
Femme de vestement paree
A ung fumier est comparee
Qui de neif fait sa couuerture
Au descouurir appert lordure
Qui prent fême pour ses deniers
Et pour les biês de ses greniers
Ne pour sa richesse briefment
Je dy qui peche tresgriefmêt
Contre la loy des mariaiges
Qui ne furent pas par les saiges
Establiz pour telle besoingne
Si comme le droit le tesmoingne
Sil est serf en verite dire
Qui fait sa condicion pire
Que pour deniers vend sa noblesse
Droit est que seruaige le blesse
Qui perd liberte et franchise
Il fait trop malle conuoictise
Pour serf et chetif le repute
Ou lyen de grant seruitute
Mieulx luy venist a lestail vendre
Sa char quen seruitute tendre
A batailliert et a tancer
Et tousiours a recommancer
Cathon nous dit bel exemplaire
Ne pren pas femme pour douaire

On ne peust souffrir riche femme
Chascun iour a poix & a dragme
Vouldra ses richesses nombrer
Il se fait mauluais a vmbrer
Dessoubz vmbre de sa reprouche
Car quant on lieue & quant on cou
Pour noise mouuoir tancera
Et son auoir reprouchera
Et dira de felon son courage
Dauoir vng duc en mariage
Estoye digne et assez riche
Or ay ie ioue a la briche
Quant a vng chetif suys donnee
Ma veue fut trop fort troublee
Jay quys mon dommaige et ma perte
On me deuroit appeller berthe
Pour folle se tient & puys pleure
Et en riottant mauldit leure
Mais par sainct acquaire de aspre
Je ne croy qui soit riens plus aspre
De poure femme luy fait sault
Car quant elle se voit en hault
Plus que la riche est orgueilleuse
Plus que tygre & aspis crueuse
Trop se desroye & trop estriue
Ne prens donc pas femme chetiue
Poure fẽme est trop de mal estre
Contre toy leuera la teste
En reprouchant & par iniure
Dira mauluais par ton vsure
Cuydes tu auoir seigneurie
Se ie suys dusure nourrie
Ffy iaymeroye mieulx certaynemẽt
Querir pour moy honnestement
Et gaingner ma vie & filler
Que tes richesses empiller
Et seruir comme chambreriere
Ffy fy chetif va ten arriere
Ffy ie cuydoye estre honnoree
Pour toy or suys au doy monstree
Je ne quier iamais ainsy viure
Se dieu plaist ien seray deliure
Certes a bon droit suys blasmee
Pour ton vsure diffamee
Toute la gent le doz me tourne
Nen puys mais sy suys triste & morne
Noz bien deussent communs estre
Et tu en veulx faire le maistre
Et mettre tout en ton vsage
Quant ie te prins a mariage
Se iauoye pou de finance
Toutesuoyes ma personne franche
Valoit trop plus que ta richesse
Je vifz auec toy en tristesse
Len met bien les choses a pris
Mais sy com droit nos a pris
Durer ne peut par nulle guise
Ne comparer contre franchise
Daultre part pou prouffiteroit
Auoir qui ne le garderoit
La femme doit auoir la garde
Des choses qui droit y regarde
La vertu gist & la maistrise
A bien garder la chose acquise
Et quant on voit croistre lauoir
La femme en doit loz auoir
Doncques plus ne me despitez
Ne tancez ne ne desprisez
Certes nen souffreroye mye
De vous dentree ne dempye
Se vous en souffrez & passez
Car ie vaulx mieulx que vous assez
Et aincoys que ie vous preisse
Jeusse eu se ie voulsisse
Aultre qui plus riche estoyt
Et qui dauoir ma monnestoit
Mais a luy ne me consentoye
Par ce quassez riche estoye
Fortune ma beneuree
Et aux plus grans acomparee
Ainsi en son orgueil se vante
Lorde chetiue et meschante

Et se mort vient son mary prendre
Ung aultre quiert sans plus attendre
Ja nen fera dueil mal feu larde
Non plus que feist ceste paillarde
Que le chevalier tant aymoit
Dame et amye la clamoit
Elle en orgueil multiplia
Son bon mary tost oublia
Et le dessouy et pendy
Retiens bien ce que ie ten dy.

Tere pry pour saulver tō ame
Que tu nespouses ieune fēme
Car il ya tant de perilz
que plusieurs en sont ia perilz
Encor te puys ie tesmoingnier
Vielle fait plus a ressoingnier
Se tu es ieune la viellote
Te menera tousiours riote
Daultre sera en ialousie
Cest reigle de vielle noisie
Se des ieunes regardez vne
Elle iurera mathebrune
Que tu a mys ton cueur en elle
Je scay bien par perenelle
Dou que viengnes ou que tu voises
Tousiours auras tancons z noises
Se tu venoye douyt messe
Dira la vielle felonnesse
Que du bordel ou dauoultire
Viendras nest ce pas grant martyre
Pourquoy quant tu scez quelle ment
Car tu doys viure chastement
Lescripture sans varier
Dit que cause de marier
Est pour auoir prosperite
Dont doys tu bien en verite
Escheuer que vielle ne priegnes
Steriles sont z brehaignes
Daultre part y convient mesure
Contre lardur de la luxure
Pource sainct pol discret et saige
Loue en ses ditz mariage
Se de prendre vielle te haste
Certes tu ne peuz viure chaste
Ne scay comment le puisse faire
Car le plasir est necessaire
Et sy est naturelle chose
Et quant est de moy ie suppose
Que fort est de bel enuahir
Len y treuue trop a hair
A reproucher z a blasmer
Comment le pourroit on aymer
Quant on peut trouuer iouuencelle
Debonnaire plaisant z belle
Et qui de rioter na cure
Cest violence de nature
De laissier ieune z vielle prendre
Autant se vault au sathan rendre
Et estre en sa subiection
Et se ie te faiz mencion
De la vielle quon doit mesdire
De laide vielle autant dire
Excepte quon peut bien scauoir
Layde peut laiz enfans auoir
Selon raison quoy quil y entre
Lenfantement ensuyt le ventre

Souuent voit on cest chose clere
Que lenfant resemble la mere
Et pource qui tout py seroit
Jamays layde nespouseroit
Se riche nest par auenture
Trop fol est qui y met sa cure
Qui la prent il est vng droit bugle
Elle naffiert fors qua aueugle

E la femme est en ieunesse
Et tu soyez pres de viellesse
Je te pry a genoulx ployez
Que ne soyes sy desuoyez
Que tu espouses iouuencelle
Sy tu la prens sy sera telle
Que demandera le peaige
De la debte de mariaige
Et sera de luxure playne
Et tu nauras lors nerf ne vayne
Qui tende ne soit nul qui cuyde
Quon peust payer de bource vuyde
Se tu nas de quoy satiffaire
Les deux peulx te vouldra hors traire
Et se tu du faire tefforces
Tu y pardras temps sens a forces
Et trouueras finance vile
Puys que tu fauldras par cheuille
De ton meschief ne te dy mains
Tu seras appelle villains
Du droit te rescourra le pire
Cest la chose qui plus empire
Homs viel qui prent ieune meschine
En fin aura courbe leschine
Tu viuras a mauluaise chiere
Pleurs: douleurs: la mort: et la biere:
Te viendront apres assaillir
A ce ne pourras tu faillir
Se la ieune femme recouure
En toy ce quelle ne trouue
Ou sen toy a deffault trop ferme
Elle ne prendra pas long terme
De querir lieux pour soy esbatre
O ses voisines troys ou quatre
Sentreuerront par les eglises
Procureront estre soubmises
Reppstement par les bordeaulx
Tu nen tiendras pas les cordeaux
Car aux festes vouldra aller
Pour veoir dancer a baller
Ou son cousin ou sa cousine
Ou sa commere en sa gesine
Faindra malade a langoreuse
En tous faitz sera cautelleuse
Pour trouuer faulce occasion
De faire fornicacion
Les ribaulx ieunes a testus
Sont souuent nourris et vestus
Aux coustz et despens du bon homme
Encor y a pys en la somme
Les mariz souuentesfoys nourrissent
Les enfans qui viennent et yssent
Daultruy fait et daultruy semence
Sy en sont plusieurs deceuz en ce
Quilz les cuydent de mariage
Et succedent en heritage
Pourquoy les droys hoirs sont changiez
Desheritez et estrangiez
Et fraudez par tel malefice
En leur grant grief a preiudice
Et pource que ce fait a croire
A perpetuelle memoire
Je te pry que il ten souuiengne
Que semblable ne te aduiēgne (prendēt

E deux ieunes lung lautre
en peu de tēps leurs biēs des(
et cuidēt q̄ p aduēture (pēdēt
Leur richesse tousiours leur
Leur richesse est mal demenee (dure
Mal faicte et mal ordonnee
Car ilz entendent a oyseuse
Lung est felon lautre noyseuse
Se le mary assez ne liure
De ce qui leur conuient pour viure

Ou sil ne peut bien besoingnier
Sa ieune femme compaignier
Tout sen yra par aduoultire
A faire sa voulente tire
Lors par parolles tancons croissent
Et sentrebatent ꝛ deffroissent
En tourment gastent leur ieunesse
Dont doulant sont en leur vielesse
Aultres raisons vous en ay dictes
Lesquelles sont dessoubz escriptes
Pourquoy il est fol se me semble
Qui a mariage sassemble
En ieunesse est adolescence
Et du fait ne congnoit linstance
Et se hom viel veult vielle prendre
Icelluy doit on bien reprendre
Car cest contre droit et lusaige
De viellesse ꝛ de mariage
Je scay bien a quel fin il pense
Car en ses deux cas fait offense
La vielle triste ꝛ obscure
Dacoller de baiser na cure
Et sy ne peut auoir lignie
Du lit marital progenie
Ainsy ne peut viel homme prendre
La vielle femme sans offendre
De marier ne sont pas dignes
Ilz ont trop seiches les eschines
Pource fait on chariuary
De vielle femme ꝛ viel mary
Posons que noble femme eusses
Espousee ꝛ vilain feusses
Elle sera grande de port
Et vouldra faire son deport
Mais tu trouueras adez pys
Tu seras mocque ꝛ despys
Et quant lasse a lostel viendra
Bien seruir la te conuiendra
Lauer les piedz ꝛ descroter
La queue du surcot froter
Et porter selle le commande
Ou tu auras mauluaise offrande
Ne te vouldra pas embrassier
Mais bien te saura menacier
Et te fauldra agenoillier
Garde toy de tel moullier
De tel mariage tenir
Ne pourroit il bien aduenir
Qui pys est de propre nature
Quiert du ieu des rains laduenture
Il ne conuient que lieu trouuer
Le compaignon scet bien rouer
Et amonnester qui luy face
Se trouuer ilz peuent lieu et place
Or soit que tu de noble beraige
Preingnes vielle en mariage
Ceste coulpe sera blasmee
Et ta ligne diffamee
Et tu en seras deboute
Moins prisez et moins escoute
Dont tes choses degasteras
Et souuent les dissiperas
Affin que tes hoirs ny succedent
Par plusieurs foys en procedent
Et viengnent courroux ꝛ dommaige
Et sen doit on garder qui est saige
Et saulcun sy bien se marie
Qua sa pareille sapparie
Riens ny vauldroit ceste partie
Car lung et lautre en partie
Se tiennent pour tout barate
Qui en diroit la verite
Il ny a sy bon que la fuyte
Car quant il conuient a la luyte
Il tance apres le delit
Quon doit prendre dedans le lit
Lors guerres et riotes sourdent
Et par ire ensemble bourhordent
A descord tourne la concorde
Et maintenant vie tresorde
Maynnent lamye et lamy
Et elle luy est ennemy

Pource cest dictier te conseille
Que pareille ne despareille
Jeune vielle noble ou villaine
Ne pour serpine ne pour helaine
Layde ne belle poure ou riche
Saige ne folle large ou riche
Nespousez car cilz quiert sa mort
Qui a prendre femme samort

En ma pensee pecheroye
Et trop griefuemēt la blecceroye
Se par ceste amonicion
Ne faisoye inhibicion
Que par choses que tu veysses
Jamais la femme ne preisses
Qui de ses enfans ait la charge
Car par sa conscience large
Les biens de son mary soustrait
Aux enfans les donne et tout trait
Pour eulx est habandonnee
A hutin et tancon noee
Se tu dis mot elle faindra
A ses enfans se complaindra
Que tu auras ce dit pour eulx
Par tout les meschiefz temporeulx
Ne peut homs estre plus desers
Se ne veulz a eulx estre serfz
Encontre toy se leueront
Rihotte et guerre maineront
Plusieurs en sont mors et perilz
Tancons les mauluais esperiz
Que la femme prennent en cure
Dont la pestilence procure
Deux foys troys foys et puys la quarte
Dabondant mangue ceste tarte
Qua telle femme ne taioingnes
Tu as droit se tu les ressoingnes
Esprise de maluais tison
Te dira fy fy chetif hom
Certes ie ne suis mye bonne
Quant iay conioincte ma personne
Auec toy pour moy asseruir
Tu nes pas digne de seruir
Le filz de mon premier mary
Tant dira auant et hary
Que ses enfans te fouleront
Et malgre tien te troubleront
Vueilles ou non tu seruiras
Ses enfans ou tu languiras
Sy te requier prie et conseil
Que tu croye le myen conseil
Ou ie te iure sans mentir
Tard en viendras au repentir
Et nen auras iamais restour
Et feusses tu fort comme hector
Enfans as et ta femme nulz
Nen a soyent grans ou menuz
Tel art et engin trouuera
Que loing de toy les chassera
Car par nature les marrastres
Heent et bayent leurs fillastres
Et souhhaydent en la mer
Tes enfans saura bien blasmer
Et que trestout ce quilz feront
Elle dira quilz embleront
Les choses quon perd a lostel
Elle leur portera loz tel
Sil a deffault en la richesse
Elle dira que par eulx est ce
Jacoyt ce quelle les soubstraye
Et emble tout cest chose vraye
Ainsy decoyt par trahison
Lomme qui la croyt sans raison
Se de toy ta femme seconde
A enfans pour lamour du monde
Puys que de toy conceura
Par faulx ars te deceura
Tez enfans qui premiers sont nez
Seront mors et empoisonnez
Par venin ou par aultre voye
Affin que temps et heure voye
Que les syens puissent succeder
A toy et aux biens proceder

A tiltre de succession
Note ceste deception
Et sil aduient par auenture
Que le mary selon nature
Ta femme ne puist concepuoir
Lors te vouldra plus deceuoir
Par faindre faulx enfantement
Quelle mettra secretement
Trotule a lempereur de romme
Les secretz quelle mist en somme
Dit quon doit les femmes doubter
Et quon ny doit foy adiouster
Car tant fort leurs fillastres beent
Car eulx murdrir tendent et beent
Ceste grant merueille de trouuer que
La folle marastre nouerque
Fait a son bon mary escange
Et layme mieulx que vng estrange
Descosse ou aultre nacion
Ait des biens dominacion
Que ceulx a qui ilz appartiennent
Pres que toute cest part tiennent
Se des enfans auez chascun
Deux ou troys ou tu nen as qun
Nez par auant vostre alliance
Nayez de paix nulle fiance
Chascun les siens porter vouldra
Ta femme souuent tassauldra
Car toutes telles espousailles
Engendrent tancons et batailles
La cause est assez apparant
Plusieurs en puys traire a garant
Et se vous auez de lauoir
Et enfans ne pouez auoir
A rioter commencerez
Et quant ensemble coucherez
Se courroux vous met a malaise
Ne trouuerez qui vous rappaise
Ne qui guerisse lencloueure
Dentre vous car lengendreure
Sen pourroit mieulx appaisier
Par acoller et par baisier
Et ramener son couraige
Apres viendront ceulx du lignaige
De seigneurir sentremettront
Et la discorde y mettront
Mesmement ceulx de par la femme
Ny aura celluy qui nantame
La chose pour vouloir possider
Chascun cuydera suceder
Sy sont poure gent et merdaille
Chascun iour auras la bataille
Dont tes choses seront vendues
Et tes richesses despendues
Et sy cesseras de gaingnier
Par ce se peut hom meshaignier
Et trouuer a athamoison
Ne ia nauuras de bien foison
Par tout point te peut apparoir
Soit sans lignee ou soit par hoir
Que mariage est chose dure
Trop point et trop longuement dure
Posons que tu malade soyes
Et ta femme va par les voyes
Toute haictee a toute sayne
Neautmoins toute la sepmayne
Ne demourras tu sans tancon
Huy et demain recommencon
Ta femme dira en huant
Ce her contrefait le truant
Sil vouloit bien se leueroit
Son mal pou luy greueroit
Qui gouuernera ma maison
Il nest pas de gesir saison
Que feront noz enfans petis
Ainsy seras tu abbetis
Pose ores que tu soyez fade
Sy enfermes et sy malade
Que ne te puissez soustenir
Quoy quen lostel doye venir
La cure sur toy en mettra
Ne point ne sen entremettra

Et se sa nourrisse a deffaulte
Elle fera noise assez haulte
Et les enfans fera plourer
Tu as perilleux demourer
En ton lit ainsy amuse
Ne ia nen feras excuse
Cest merueille que hom sy greue
Peust iamais estre releue
Et quil ne meurt incontinent
En tel meschief euydamment
Et selle est malade ou enferme
Tien ceste sentnce pour ferme
Deuant elle fault tost auoir
Et diligemment pourueoir
Se elle a fieure ou continue
Il conuient que tu continue
A faire chose qui luy plaise
Pour luy demener a son aise
En luy disant amye chiere
Par amour faictez bonne chiere
Certes de vostre mal me poise
Il te fault appaiser la noise
Et blandir par ditz et par faitz
Tu ne feras ia sy parfaitz
Qua gre puysses continuer
Et dira il me veult tuer
Et mauldira a haulte alayne
Aussy bien com celle estoit sayne
Dieu scet quant perrette est enferme
Je ny metz long iour ne long terme
Je fais mes veulx et mes promesses
Dire oraisons et chanter messes
En offrant de bouche et de main
Que seray pelerin demain
Je dy pour elle a ioinctes palmes
La patenostre et les sept psalmes
Et la soustien en mon giron
Comme torche fait chauderon
Ainsy la me fault conioir
Seruir plourer et obeir
Aussy bien com selle fut morte

Celle contenance mest forte
Car son me voit plourer de fueil
Le cueur nen fait mye grant dueil
Mais vouldroit quen leure prouchayne
Mourust de malle mort soubdayne
Se tu dors et ta femme veille
Tant fera quelle te resueille
En crachant fera sa complainte
Et dira par parolle fainte
Que tu songes ou que tu ronfles
Ou que du vent par dessoubz souffles
Ou dung coste te heurtera
Et contre toy se tournera
Et en dissumulant le fait
Se dort et ne scet quelle fait
Puys ronfle et met quelque riote
Ou ses bras et ses cuysses frotte
Ou de la cure de voz choses
Parle affin que point ne reposes
Et selle dort et tu lesueille
Elle te chantera tes veilles
Quau resueiller forcennera
Sur toy tout le mal tournera
Certes ie nose esternuer
Mon pie ne ma main remuer
Tant crains la noise et la meslee
Que souuent est vers moy meslee
Maintes nuytz par tel souuenir
Ay trespassees sans dormir
Car le loisir point nen auoye
Certes puys que femme sauoye
Soyt en mengeant ou en beuuant
Ou en couchant ou en leuant
Vaincu seras et en balance
Par ta moullier et par sa lance
Se tu te tais elle parlera
Contre toy elle se rebellera
Et dira au nom du dyable
Je doy auoir mal agreable
Quant cilz vassaulx parler ne daigne
Malle gente es dens le preigne

Dire ne veult chose que ioye
Il na en luy soulas ne ioye
Je voy bien que tant ne me prise
Quil doint responce ne reprise
Certes sy scet il assez guille
Et com vng iay parler en la ville
Fy du drubert riens nen donroye
Ainsy femme lomme guerroye
Et ne le prise vne flamesche
Son bien en tous cas luy empesche
Bien luy doy scauoir pour la moye
Pour sesfaictz souuent larmoye
Se tu parles ta femme est prest
De mouuoir tanson et moleste
Tes parolles diffamera
Et tous tes ditz reprouuera
Aigrement plus que sangler ne vee
Voire plus que la babelee
Qui de poisson est venderesse
A partie et grant tanceresse
Se tu mayne desduit a ioye
Ta femme point ne te conioye
Mais dira que sathanas est nez
Que es folz et forcennez
Et quil a en enfer grant feste
Ce seroit chose plus honneste
De noz besoingnes procurer
Qui laisse tout par moy curer
Que de iangler ne de chanter
Et dira bien me puys vanter
Que ie soustien tout le mesgnaige
On scet bien par le voisinaige
Que riens ny fait ceste ydiote
Je nen puys mais se ie riote
Quel dyable ainsy le demayne
Sa chanson est de merde playne
Cest signe qui nous meschartra
Ou que ceste maison chartra
Et se tu penses par tristesse
Lors te dira la traistresse
Que de malle heure feuz tu nez
Et que tu es infortunez
Et que toute la maison troubles
Et menera ses tansons doubles
He dieu que ie me doy hayr
Je ne vous doy pas benir
Qui tel mary mauez donne
De fouldre soit il estonne
Bien puys dire chetiue lasse
Voulentiers a vous ie parlasse
Il porte visaige de brode
Plus est felon qung roy herode
Et plain de malle tyrannye
Trop suys auecques luy honnye
Et trop men puys desconforter
Dyables len puissent emporter
Car on ne pourroit trouuer pire
Il rechingne tant est plain dire
Et sen fault peu que il ne criefue
Mort puist il en heure briefue
Se tu respons mot ne demy
Oncques sy cruel ennemy
Ne trouuas com elle sera
Aux ongles tesgratignera
Ainsy ay ie este attrappe
Riote bastu a frappe
On a rompu plusieurs couloingnes
Sus mon doz et dessus mes rongnes
Se tu veulx a ta femme faire
Le beau ieu pour amour attraire
Ce que vouldras reffusera
Et en plaingnant sescusera
Souffrez vous ie nen ay pensee
Je vueil dormir ie suys lassee
En faisant la bonne meschine
Dessoubz toy se mettra soubine
Et la cheuille en la creuace
Et souffrera bien quon luy face
Disant or vous deliurez sire
Jacoyt ce que le fait desire
Elle se rendra amoureuse
En contrefaisant la honteuse

Le ieu des rains fort blasmera
Disant que point ne laymera
Et que cest folle et layde chose
Ne scet comment faire on lose
Et ne croy qua nullup pleust
Se dieu estably ne leust
Bien deust telle chose desplaire
Mais il conuient ses commans faire
Pource il fault que ie lendure
Aultrement ie nen eusse cure
Certes elle ment la mauluaise
Car il nest riens qui tant lup plaise
Nature le veult et commande
Charnalite la chair demande
Quant le ieu sera mys a fin
Ja naurez este sy affin
Celle nest bien corbee et paincte
Que tansons nayez par la poincte
Du temps par auant et despuys
Las que feray quant ie ne puys
Ne bien ne mal au ieu iouer
Forniter me fault et vouer
Vueille ou non vueille le retraire
Car le ieu ne me doit mais plaire
Ma verge ployee les deux cuydes
En bources sont plates et vuydes
Aux dames ne me puys desduire
Leur desduyt ne me fait que nuyre
Je suys fol et mal garny
Au doy monstre et escharny
Elles dient vecy tel homme
Qui na sy chetif iucq a romme
Perrette mocist et estrangle
Par sa riothe et par sa iangle
Souuent emmy le vit me crache
Mes ieulx me destompt et estache
Et quant iaye sur ceste perrete
Gette apres moy vne pierrette
Femme fait moult a ressoingner
Car quant tu vouldras besoingner
Quancques tu feras luy desplait
Elle trouuera assez plait
Et reprouchera ton affaire
Que tu ne doiz pas ainsy faire
Se riens ne fait elle tempeste
Et dit que tu ne quiers que feste
Et que tu ne doiz reposer
Apres saura bien opposer
De tes petis enfans la charge
Las te dira elle car ie
Prens de tout cest hostel la cure
Lasse chetiue creature
Et dieu pourquoy feuz ie oncq nee
Certes ie suys mal assenee
Mon chetif mary riens ne fait
Ainsy de parolle et de fait
Te temptera en mainte guyse
Et te monstrera ta maistrise
Et en seant et en estant
Sera en tous pointz contrestant
Et qui femme prent a bataille
Il ne peut faillir de bas taille
Dont te vueil ie de cueur prier
Que te tiennes de marier
A femme a moustier na temple
A ma perrette prens exemple
Et te garde de tes perilz
Affin que ne soyez periz
Car en maison ou en cuysine
Se mes enfans ou ma voisine
Ou mes varletz ou ma nourrice
Font chose desplaisant ou nice
Leur meffait leur iniquite
Reuient sur moy en verite
Quelque escourbillon que le meuue
Ma moullier occasion treuue
De moy tancer et riotter
Telz choses sont bien a noter
Qu on ne face dont on se dueille
Combien que droit de bouter vueille
Force moy maint aultre force
De reuangier point ne mefforce

Tant doubte ma femme rebelle
Que sa force point ne rappelle
Je supply a dieu quil y quiere
Les treues que plus ne me fiere
Rien ne me vault ce contrester
Aux maulx quelle scet aprester
Contre moy froncist a rechigne
Mes cheueulx a rebours me pigne
Enflee de grant felonnye
Par cruaulte et tirannye
Plus amere que fueille dyerre
Et plus dure que fer ne pierre
On ne le peut amolier
Par eauue ne par feu ployer
¶ Comment vng dyable sacoincta
Dung medicin puys luy conta
Quen enfer na sy grant raige
Que les gens ont en mariage.

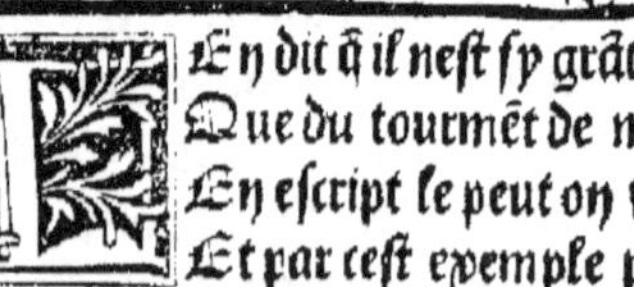

En dit q̃ il nest sy grãt charge
Que du tourmẽt de mariage
En escript le peut on trouuer
Et par cest exemple prouuer
Quen ne doit pas tenir a fable
Jadis vng myre a vng dyable
En vng chemin sentrecontrerent
Et par serement fiancerent
A tenir bonne compaignie
Lung a laultre par amitie
Par la flambe de conuoitise
Qui les chetif art et atise
Le mire voult acompaigner
Auec le dyable pour gaingner
Entreulx firent vng conuenant
Sy comme ie suys souuenant
Que le mauluais entrer deuoit
Dedans le corps que il greuoit
Es personnes bonnes et saines
Par les entrailles a par les vaines
Et par tout les faisoit fumer
Brandir tressaillir escumer
Par erreur de forcennerie
Et par art de dyablerie
Affin que ilz eussent argent
Par auarice qui ard gent
Et quant le mire ilec viendroit
Le mauluais en paix se tiendroit
Et ystroit hors a sa requeste
Quant entrez furent en leur queste
Ainsy com leur chemin alloyent
Et de plusieurs choses parloyent
Le mire demanda au dyable
Quel tourmẽt est plus tourmẽtable
Et plus cruel a soustenir
Le mauluais ne se peust tenir
Quil ne luy deist de son affaire
Certes dist il on ne peut faire
Sy grief tourment a creature
En enfer nen prison obscure
Com de lien de mariage
Cest rage passant toute rage
Cest martire plus que martire
Tousiours perseuerant empire
Marie fuz pource le scay
Car ien ay este a lessay
En enfer desplaist moult forment
Mais il ny a sy grant tourment

Com le tourment communial
Sathan belzebuth belial
Et la flambe qui tout habenna
Les dampnez au feu de gehenne
Ne sont point tant espouuentable
En lit ne hors lit ne a table
Ne peut le marie durer
Il a trop dur a endurer
Je le scay par experience
Sy te iur par ma conscience
Jaymeroye mieulx en enfer
Lyez en grans cheynes de fer
Souffrir la plus crueuse flamme
Que retourner auec ma femme
Or aduint que ses deux vassaulx
Firent plusieurs mauluais assaulx
Plusieurs personnes ahennerent
Et plusieurs aussy en sauluerent
Et gaingnerent a voulente
Or et argent a grant plante
En la fin le mauluais dyable
Tricheur: fraudeur: et deceuable
Querant du myre la ruyne
Entra au corps dune royne
Tantost a terre la dempta
Et moult griefment la tourmenta
On loyst de moult loing crier
Lors vint on le mire prier
Qur se penast delle curer
Car ce se pouoit procurer
Bien solz seroit et bien paye
Le mire ne cest esmaye
Ains promist de la sante rendre
Le roy dist qui le feroit pendre
Sil en failloit a iour prefix
Et iura par le crucifix
Quaultrement nen eschapperoit
Le mire dist quil en feroit
Tant que ia nen seroit repris
Quant acorde eurent le pris
Le mire ala au compaignon
Bas parla au mauluais garson
Et dist is hors de ceste dame
Sans la blecier ny corps ny ame
Il respondit que non feroit
Et quencor la tourmenteroit
Non feras ce dist le mire
Tu ne me doys pas escondire
Que tu nysses hors maintenant
Car tu le mas enconuenant
Fay tost sy auray mon salaire
Le mauluais sy nen voult riens faire
Le mire fut moult esbahy
Et veit bien quil estoit trahy
Le mauluais dit saichez de voir
Je vins cy pour toy decepuoir
Cest mon office de mal faire
Car ie suys a tout bien contraire
Se ie puys tu seras pendu
Quant le mire leut entendu
Sy luy pesa moult durement
Lors luy fist vng côiurement
De par dieu mais pou luy valoit
Car au dyable nen chailloit
Lors se pensa le maistre mire
Qui triste estoit a plain dire
Comment se garderoit de mort
En sa pensee se remort
Que le mauluais dit luy auoit
Comme par espreuue scauroit
Quel tourment estoit plus crueux
Le mire comme vertueux
Pensa du mauluais tarier
Pour le honnir de marier
Quist vne femme bien aournee
Bien vestue et bien atournee
Et fist tant quil eust mainte paire
Dinstrumens pour grant noise faire
Muses tabours bacins poelles
Nataires trompes et vielles
De iaugleurs se veult garnir
Pour son compaignon escharnir

Puys vint a luy et dit is hors
Trop a este dedans se corps
Tu me cuydez faire mourir
Mais iay qui me vient secourir
Is hors et tu iras apperte
Meschief te vient cest chose apperte
Vecy ta femme que tamayne
Pour toy faire meschief a peyne
Car dancer auec toy sassent
Pour mon meschief en auras cent
Il fist les instrumens sonner
A peyne oyt on tonner
Lors le mauluais ala doubtant
En hullant et en sanglotant
Pria le mire a laide chiere
Que sa femme menast arriere
Treschier compains par ta noblesse
Oste moy tost ceste dyablesse
Ne la laisse pas a moy ioindre
Tourment ne me pourroit plus poindre
Certes de double mort mourroye
Ne endurer ne le pourroye
Je me mariay de male heure
Flamme denfer qui tout deueure
Dont iay aprins la pestilence
Est plus souef par excellence
A endurer et plus paisible
Moins tourmentāt et moins orrible
Que nest lyen de mariage
Sil ny auoit fors ne seruage
Ne scay ie comment on lendure
Sy nay de mariage cure
Jaym mieulx a tousiours moy offrir
A tous tourmens denfer souffrir
Que mariage il nest mort telle
Trop est la bataille mortelle
Pource te pry que tu te cesses
Et hors dicy aller me laisses
Il yssit hors et sen ala
Droit en enfer car il ala
Sy comme il disoit moins de payne
La royne ainsy demoura sayne
Et le mauluais sesuonouyt
Dont le mire sen esiouyt
Ce que iay dit assez tesmoingne
Que le dyable moult ressoingne
Et mariage forment doubte
Sy ne scay pourquoy hom sy boute
Ne comment marier se ose
Car il nest sy terrible chose
Plusieurs exemples en scauez
Auec ceulx que dessus veez.
O Tu qui femme espouseras
Je te demande que tu feras
Se tu la faiz de lostel dame
Quant elle sera sur lescame
Ne te prisera vng festu
Mais vouldra que la serues tu
Et se tu veulx faire le maistre
Sans riotte ne pourras estre
Et dira quon ne la croit mye
Tancon auras et escremye
Et se par tout va franchement
Esbatre et sans empeschement
Sa nature tousiours la tyre
A luxure par aduoultire
Son la contraint de demourer
Droit a lostel sen va plourer
Et crier par faincte parolle
En disant suys ie femme folle
Quon ne me laisse aller esbatre
Certes en vain se peut debatre
Mon mary de moy cy tenir
Car mal en pourra aduenir
Je feray sa pensee vayne
Qui femme garde perd sa payne
Autant vault tenir la riuiere
Haye: mur: porte: en suiere
Car qui garde telle cloustur
Ne peut contrester a nature
Car tel chastel se laisse embler
Quant a aultre peut assembler

Pour acomplir son appetit
Ne tien pas ce fait a petit
Or dy doncques que tu feras
Quant tu en tel estat seras
Car tout au mieulx qui te viendra
Com moy plourer te conuiendra
Et se tu ten veulx prendre a vne
Je lorsoit blanche bise ou brune
Que dune seulle ne te pays
Mais que pour vne cent en ays
Som a femme seulle salye
De mille chaynes il se lye
Qui de femmes a vng millier
Lors le peut on bien epillier
Franchemēt vit tousiours est syens
Par la franchise de ses biens
Nature ne te crea mye
Pour faire seulle compaignie
A vne femme seullement
Mais tu feuz cree tellement
Com ie diray sy tu mescoutes
Toutes pour tous & tous pour toutes
Salomon assez le nous preuue
Des sainctz peres aussy le treuue
Quaulcuns plusieurs fēmes esleurent
Et que trop mieulx q̄ nous valurent
Et ouide nous admonneste
Et enhorte par sa requeste
Que plusieurs amyes ayons
Pour vne ne nous delayons
Or voys tu que cest grant oultraige
De prendre femme a mariage
Quen diras a quoy estudies
Nespouses pas ayes amyes
Si tu es de fraille nature
Voye y trouueras plus seure
Den auoir cent que vne seulle
Nen tiens compte nest que desteulle
Et se tu es fort ie te loue
Ne te boutes pas en la boue
A vne na plusieurs nabites
Par moy te soyent interdictes
Car auec ceulx gist la serpente
Nul nen prent qui ne sen repente
Sy men vueil vng pou reposer
Car qui tout vouldroit exposer
Les maulx du sexe femenin
Sans nombre trouueroit venin
Nature nous enseigne & monstre
Que femme sy est droicte monstre
Et quelle seuffre en son deffault
A ce point de preuue ny fault
Que pour monstre ne soyt monstree
Len dit que femme est engendree
Sans consentement de nature
Le philozophe en lescripture
Le tesmoingne assez clerement
En son liure dit tellement
Lors que nature senuahist
A ouurer elle sesbahist
Forment quaut son erreur regarde
Rougist quant elle y prent garde
Femme est hermoscodite monstre
Et pour chimere se demonstre
Par ses cornes & p sa quoe
Plus grandes que paon ne poe
Dont de monstre porte lenseigne
Sy comme cest dictie lenseigue
Et saulcun q̄ des fēmes dye
Et generalemēt en mesdye
Lon tiēt quoy q̄ chescun face
Aulcune despecialle grace
Desseruant biens honneur & loz
Cest contre droit se dire loz
Il nest nulle sy grant merueille
Leur sexe point ne sappareille
A estre bonnes na bien faire
Mais enclinez sont au contraire
Et se perrette est laide & salle
Jangleuse tanceresse & malle
Plus que ie ne pouroye dire
Ne mon dit ne pourroit souffire
Toutesuoyes vit chastement
Sans reprouche & honnestement

Fors tant que la truye trop inique
Et en tancant dyabolique
Et a moy tourmenter isnelle
Les gens la nomment perrenelle
Mais ie puys iurer par sainct pierre
Que elle est plus dure que pierre
Car goutte ne la peut cauer
Eaue amolir ne fort hauer
Par ses tancons vifz en fricture
Et me met a desconfiture

¶ Liber tercius

Bie voy la bataille apprestee
Cõtre moy souuent arrestee
Vaicu suis sy me fault gesir
Et de repos ay grant desir
Car souuent vient sur moy sans faille
Bataille apres aultre bataille
Tancons rihottes et menasses
Sans cesser cheent en mes nasses
Qui me tourmentẽt nuyt ⁊ iour
Nulle heure ne suis a seiour
Soyt en seant ou en estant
Jay tousiours des batailles tant
En tous poins contre perrenelle
Vers moy est diuerse ⁊ rebelle
Mal traictiz ⁊ mal demenez
Est homs ⁊ de fort heure nez
Qui auec moullier se marie
Car sa femme trop le tarie
Et perturbe en mainte guyse
Dont par tristesse le debrise
Je croy quil nest sy grant contraire
Comme de mariaige faire
Sy nen puys pas tout expliquer
Car mon sens ny puys applicquer
La voix me fault et la science
Sy fort que par impacience
Suys desuoyes et mal senez
Sa et la com mal ordonnez
Seuffre douleur cotidien
Empeschez de mauluais lyen
Sy nen puys mais sy men esmoy
Pour dieu vous pry espargnez moy
Ainsy que ie me complaingnoye
Et de plaindre ne me faingnoye
Et comme dessus dit vous ay
En mon lit vng pou reposay
Et quant dormir print son peaige
Vint vng homme de meur eaige
Qui sapparut en forme telle
Quoncques filz dhomme not sy belle
Doulx en parolle et gracieux
En tout playsant et precieux
Dont la maison resplendissoit
De clarte qui de luy yssoit
Et disoyt mieulx quoncques mais hom
La paix soyt en ceste maison
A tousiours pardurablement
Et a toy filz semblablement
Filz ie taim vien sa iay enuie
De te monstrer la voye de vie
A toy par ligiere doctrine
Se ta douleur encor ne fine
Ayes en toy bonne esperance
Et de ton sauluement fiance
La voye des cieulx test ouuerte
Et escripte par ta desserte

¶ Comment dieu en tresgrant clarte
Sest apparu et demonstre
A maistre mathieu en delit
Estant couche dedans son lit.

Quãt ie vy celle grãt lumiere
Tout esbahy chey arriere
Au cheir point ne me greuay
Car assez tost me releuay
Et au primier estat remis
De parler me suys entremis
Qui es tu dy ton nom dy
Atrempeement respondy
Je suys ton dieu et sy me poyse
Quant ioy de tes douleurs la noyse
Sil te plaist oy que ie diray
Entens a moy grant desir ay
De toy enseigner telle chose

Que ma porte ne soit close
Apres ta mort et que ne soyes
Desherite de mes grans ioyes
Et que scheuer puisses les paynes
Qui sont doubteuses a greuaynes
Adonc de parole pleniere
Larguay en ceste maniere
Ha dieu que ie me doy bien plaindre
A tant ainsy ne puys remaindre
Que mes plains ne te doye dire
Je suys plain de courroux a dire
Raison mamonneste a atise
En la cure que iay emprise
De parler ne me puys tenir
Tu scez quanques est aduenir
Des le commencement du monde
Du ciel de labisme parfonde
Tu cognoys bien pour mieulx descripre
Tout ce qui peut aidier ou nuyre
Tu congnoys seul quelque fortune
De toutes choses nest il vne
Temps espace moment ne heure
Que tu ne voyes par desseure
Ne creas tu pas la moullier
Qui fait plourer a yeulx moullier
Compaigne fut du premier homme
Tantost le deceut par la pomme
Comme folle et mal informee
Las de quelle heure fut formee
Que trop fut dure a amere
Com silla ingrate a son pere
Tu ny comptes pas vne feue
Adam creut follement eue
Sy deuoit endurer les peynes
Je suys sy mal meu qua peynes
Que mon cueur est detreur sy soupple
Pourquoy luy donna telle couple
Prenans les choses dessus futures
Et les diuerses auentures
Tu en doys faire penitence
Car tu en as fait lordonnance
Pourquoy as tu donne au monde
La mort ou tout tourment habonde
Par le premier mariage
Tu scauoyes bien que la rage
y cheoit a quelle malice
Tu congnoissoyes bien le vice
Sil en estoit en mon vouloir
Tu ten pourroyes bien douloir
Se ie tauoye a iusticier
Des biens de lomme appeticier
A ton plaisir et disputas
Las pourquoy publier osas
Que lomme laissast pere et mere
Pour femme qui luy est amere
En la fosse de mort se boute
Sy ne peut vaincre la mort toute
Le marie meurt de mort seure
Par femme est sa cruel morsure
Je croy que ta croix vertueuse
Ne fut oncques sy trescrueuse
Maintz hommes par telz paraboles
As seduiz et par tes paroles
Et sy scauoyes le prouerbe
Du serpent qui se muce en lerbe
Chier filz dit il ne ploure pas
Ceste peyne nest quung trespas
Que souffre ton corps miserable
Ce nest pas peyne irreparable
Peynes passeront et mourront

Les ioyes des cieulx demourront
Lesquelles iay a toy promps
Et a tous mes loyaulx amys

Matheolus.

Dire pourquoy ne ploureroye
Puis q̃ ma mort repetiroye
de lazaron plouras la mort
Et ma grãt misere me mort
A lamenter et a plourer
Sy ne puys sans plours demourer
Et sy ne doys estre repris
Se plus quung aultre main et pris
Oultre sy aulcun est meschant
Tu peuz releuer le cheant
Dont en vain voulsis labourer
Paur faire le martir plourer
De ce la fuz tu fol et nyces
Encor desquist se tu voulsisses
Et encores eust au corps lame
Nest merueille se ie te blasme
Mais iay de plourer iuste cause
Sans tourment ne suys nulle pause
Mort suys par le desloyal vice
Et estrangle par sa malice
Las pour moy tant me sens greue
Que nul qui soit de mere ne
Par souhait ne peut releuer
Mon corps ne toy mesmes aydier
Qui pys est tu as establie
Trop merueilleuse dyablerie
Ne scay comment faire losas
Car tu le dys et imposas
Puys quoms se souffre marier
Qui ne doit iamais varier
Ne laissier ne guerpir sa femme
Pour souffrir iusquau partir lame
Combien quelle soyt felonnesse
Sy dire loz quel raison est ce
Tes commandemens no⁹ empeschent
Et tes enseingnemens no⁹ blecent
Tu qui tel erreur ordonnas
Pourquoy tel auantaige en as
Que tu ne voulsis femme prendre
Ne toy en mariage rendre
Aussy quon nous mariez sommes
Que tant y portons de griefz sommes
Certes se tu marie feusses
Tel chose establie neusses
Mais tu eusses bien ordonne
Que tout homme de mere ne
Peust laissier son mariage
Sans souffrir des femmes loutrage
Et desioindre tout quictement
He dieu tu sces bien qui te ment
Jen diray puys que iay en bouche
Ne scay sy folie me touche
Certes tu ne fusses sy hardys
Despouser femme mais tardys
Oncques marier ne losas
Pourquoy car assez supposas
Se tu en prenoyes aulcune
Tant seroit playne de rancune
De paradis te chasseroit
Par force hors ten bouteroit
Mais tu prenoyes le dommaige
Sy escheuas le mariage
Pource quen la fin ne plourasses
Et en exil ne demourasses
Car tu nauoyes pas fiance
En la douloreuse aliance
Nest merueille sy tu doubtas
Et au peril ne te boutas
Que te cuyda enchanter
Les cieulx tollir et supplanter
Et se ta fille te deceut
Ta femme mieulx faire le sceut
Eschaude craint eaue chauffee
Aussy doubtas tu la coiffee
He dieu quil fut prins a lye
Et pour femme crucifie
En croix de ton sang arousee
Se femme eusses espousee
Tu sces les maulx qui ten venissent
Et par les tourmens qui en yssent

Quelle voulsroit estre maistresse
Des cieulx & de ta forteresse
Et que hors ten vouldroit bouter
Pource enz cause de doubter
Car voulcisses ou ne voulcisses
Conuenist que tu obeisses
A ses commans dessus les cieux
Ja soit ce que tu soyes dieux
Ny peusses tu pas contrester
Ne par deuant elle arrester
Pour ses tancons & pour sa rage
Pourquoy louas donc mariaige
Quon doit tant hair & despire
Qui nest rien en ce monde pire
Se ne voulcisses femme prendre
Ou bien te gardas de mesprendre
Pourquoy tel loy ne nous baillas
Comme pour toy mesmes taillas
Entre nous mariez disons
Que cest signe de traisons
Quant la loy que tu publias
Et dont par tes ditz nous lyas
Ne souffrir ie nen eusse cure
Ce nest pas euure de droicture
Pourquoy establis tu les choses
Que toy mesmes faire tu noses
Pour les maulx pour toy aduenus
Pour iniustes en es tenus
Assez appert ce que imbice
Se tu ouurasses de iustice
Tes estatus bien amendasses
Aux aultres ia nen commandasses
Ce que a toy ne voulsis faire
Quant le faix musant & contraire
Tu scez que droit ainsy disoyt
Ne fay aux aultres riens qui soyt
Que pour toy mesmes ne feisses
Ne donne que tu ne voulsisses
Eschieue chose dommaigable
Et enseingne le prouffitable
Tu nas pas de ce droit vse
Sy nen es pas bien excuse

Unde locus que on ne treuue
A prendre femme par espreuue
Sy com au beuf ou au cheual
Quant on le veult vendre en ce val
Car nostre droit assez tesmoingne
Com plus a peril en besoingne
Tant plus fault ouurer saigement
Plus subtilement plus cautement
Pour la decepcion oster
Cest exemple en peust on noter
Qui chat en sac achete & prent
Nest merueille sil sen repent
Aussy est il de femme auoir
On ne se peut plus deceuoir
Que du prandre sans regarder
Assez mieulx feroit du tarder
Car plusieurs en sont deceuz
Que se ilz eussent bien veuz
Jusques au fons les sainctuaires
Ilz ne les aournassent guaires
Qui vng cheual acheteroit
A son aduis lesprouueroit
Et conuiendroit quil lessayast
Aincoys que denier en payast
Sil ne plaisoyt apres le rendre
Le pourroit il ou tantost vendre
Des femmes nest pas tellement
Il nen parle pas seullement
Des pouures mais dune contesse
Et sans espargnier aulcune: et se
Gens mariez vendre peussent
Lung lautre & licence en eusseut
Je te pourroye demander
Qui vouldroit plustost marchander
Ou les femmes ou les maris
On le scauroit bien a paris
Plus cler est que iour a midy
La responce ma icy dy
Qui pou achapte a grans sommes
Vne femme auroit deux cens hommes
Ou troys cens en auroit la riche
Ne seroit auere ne chiche

Tant prendroit de la mercerie
Pleyne seroit sa herbergerie
Les laiches au marchie vendroit
Et les bons ouuiers retiendroit
Las ie scay bien comme quil aille
Quon ne deuroit pour vne maille
Quant ie ne puys en chascun moys
Labourer qune seulle foys
Et pour declarer lobscurte
Je dy que plus ont de durte
Les mariez que ceulx la du cloistre
Assez est legier a congnoistre
Car qui entre en religion
Vng an a de prouision
Nous nauons pas sy long respit
Dont il semble que par despit
Que nous voulsissez deceuoir
Qui vouldroit dire de ce voir
Cest droit signe de traison
Oncques ne fut plus trahy hom
Que tu les mariez trahys
Dont tu doys bien estre hays
Tu es cause de nostre perte
La raison en est bien apperte
Puys que le canon ne sacorde
Les moynes a ceulx de nostre ordre
Lordre nest pas par tout gardee
Car en droit nous est retardee
Le philozophe veult prouuer
Quon doit par tout ordre trouuer
Dieu trop en tes vers nous messaiz
Je ne me congnoy en tes faitz
Nen la chose faicte ou a faire
Cest merueille de ton affaire
Excepte q̃ no⁹ conioings hommes
De pire condicion sommes
Entre tous les estatz du monde
Dy moy donc qui fut ce te fonde
Pourquoy metz tu ainsy les choses
Ne pourquoy ainsy les disposes
Sans ordre a ceulx deuant derriere
Du mouuement de ta matiere
Il ny a point cy de raison

Quant ceulx de la castal maison
Ont vng an pour eulx pourueoir
Que ne lauons nous pour voir
Se mariage deust plaire
Nulle raison ne peuz attraire
Aussy selon la loy humayne
Qui achapte vache mal sayne
Ou beuf qui chiet en maladie
Mais que a son marchant le dye
Six moys a despace de rendre
Et le vandeur le doit reprendre
Doncques doy bien six moys auoir
Cil qui prent femme pour sauoir
Sil la veult laissier ou tenir
Car en ce peut il aduenir
Plus grant peril sans comparer
Que beuf ou cheual comparer
Pource ne se doit nul conioindre
Sil ne scet ql peut oindre ou poindre
Nous prenons les beufz a les ours
Et les bugles a les auctours
Et trop bien les apprauoisons
Tout ainsy que nous les voulons
Mais no⁹ ne pouons dompter femmes
Qui portent flamesches a flammes
Et sont dragons et serpentelles
Par engins a par leurs cautelles
Et se pour mes ditz abbaissier
Respons que ie puys bien laissier
Femme par raison dauoultire
Ce nest pas la fin ou ie tire
Car ie ne suys point releue
De ce dont ie me sens greue
Et aultres pointz enormeement
Ceulx qui y pensent tressorment
Tant blasment a il ont droicture
Femme tanceresse est plus dure
Que telle qui fait aduoultire
Vng noble acteur le scet bien dire
Que pys vault femme felonnesse
Que le tygre ne lyonnesse
Et est plus malle a plus inique
Dont se la femme qui fornique

Est pour son meffait regettee
Plus fort raison est exhibee
A delaissier la tanceresse
Trop nuyt sa langue iangleresse
Sy com dessus est recite
Toutesuoyes en verite
Folle femme fait trop de crimes
Qui tous les pourroit mettre en rimes
Par aduoultire est corrompue
La femme est de droit rompue
De promesse de mariage
Encor ya plus grant dommage
Car il sen ensuyt omicide
La femme occist lomme et incide
Par aduoultire et par luxure
Sy com tesmoigne lescripture
Larrecin y a trop appert
Le mieulx gardant souuent y pert
Par le larrecin de sa femme
Ainsy met crime sur sa fame
Quant de son gre veult estre emblee
Et par desloyal assemblee
Emble a recoyt daultruy semence
Fruict dont faulce lignee commence
De coupple illicite procede
Et encontre raison succede
Daultre part y a laide vsure
Puys que plusieurs hommes procure
Et quiert ie dy que ceste queste
Est vsure et deshonneste
Car a vng seul se doit tenir
Et en chastete contenir
Droit pour sacrileige repute
Femme qui ainsy se fait pute
Sa foy est polue et estaincte
En soustrayant la chose saincte
Et le sacre communial
Contre le dit imperial
Son sacrement fraint et viole
Apres est traitreuse a folle
Traitreusement son espoux baise
Non pas pour ce qua elle plaise

Mais se plonge com la coleuure
Qui en lerbe se muce a queuure
Pour prendre lomme en traison
Il ya trop de mesprison
En femme qui fait aduoultire
Car corps a ame luy empire
Aduoultire est le capital crime
Sy com la loy le nous exprime
Et sy com ie lay entendu
Le transsiger est deffendu
Sur tel crime a sur tel peche
Dont corps de femme est entache
Qui faint mariage polu
Mais ma fin est que ie conclu
Quoy quon dye des femmes baudes
Playnes de baratz a de fraudes
Et que forment sont a blasmer
Que lon ne treuue plus damer
En femme peruerse a inique
Quen telle qui du corps fornique
Se lomme est deceu a pris
De la moitie de iuste pris
Il requiert le commun sayde
Affin que le droit le ayde
Droit veult oster la deceuance
Et na cure daultruy greuance
Et se tu ce droit ne veulx faire
A toy mesmes es tu contraire
Combien que soyes roy paisibles
Tes commans sy ne sont loisibles
Par toy sont sans paix a en guerre
Plusieurs mariages sur terre
Et ce vient par decepcion
Or met aultre solucion
Se tu dys que lomme est reus
Pose quil soit bien deceuz
Non est non certes quoy quon dye
Ceste conuencion nest mye
De la mesme condicion
Comme est de vendicion
Dachapt demprunt ou de louage
De ceste loy ne de lusage

Ne peuent vser les mariez
Vers elles ou il sont lyez
Joinctes sont p plus forte cheuille
Pareille nest pas celle bille
Oultre ie requier que sy comme
On lye la femme auec lomme
Pourquoy tāt se diuersifie
Quen son mary point ne se fie
Se tu dys par raison commune
Que la chair deulx deux soit toute vne
Par bien de delectacion
Sy com nous dit la scencion
Tu nous decoys apertement
Et qui ce te dit il te ment
Car les choses qui tant varient
Ensemble tant ne sapparient
Quen les puyst tout vng reputer
Sy puys bien ces ditz confuster
Deux contraires sy com me semble
Ne sacordent pas ben ensemble
Tu ne my scez dire response
Or ten va doncques ⁊ tesconse
Je te pry quamoy nen estriues
Et que tel plait point ne poursuyues
Mieulx vault delaisser sa folie
Et passer sa melencolie
Que soustenir chose dampnable
Ne mouuoir fait mal conuenable
HE dieu ie doy bien dire helas
Quāt p le conseil des prelas
On peut delaissier ⁊ demetre
Chāgier ou hors de sa main (mettre
Prebendes cures ⁊ eglises
Et puys quainsy sont hors mises
Les femmes espirituelles
Pourquoy ne peut on les charnelles
Ainsy laisier ou resigner
Raison puys pour moy assigner
Mieulx que la char vault lesperit
Car on layme mieulx et cherit
Et est pardurable sans terme
Aussy est la coulpe plus ferme
Du lien espirituel
Que celle du lyen charnel
Sy com droit canon le tesmoingne
Dont maintz se doubtent ⁊ la besoingne
Est se laisse parroisse ⁊ cure
Puys mieulx laisser ma femme dure
Oy pourquoy non dy supplanteur
Certes tu es vng enchanteur
Dieu pourquoy le te celleroye
Pourquoy a toy nen parleroye
Par toy est ma mort engendree
Tu ioupe de boue encendree
Aux mariez la pouldre change
Mais la clergie ne fais estrange
De tes biens par ta tricherie
Leur feste et amee ⁊ cherie
Las vng clerc qui riens ne saura
Cincq prebendes ou six aura
Ou ia ne fera residence
Dont luy vient ceste prouidence
Les bordeaux suyt et ens se boute
Et mettra sa pensee toute
En desduyt de chiens ⁊ doiseaulx
Ressembler veult aux damoiseaulx
Ainsy est leglise seruye
Car par tout le cours de sa vie
Ne chantera pour toy deux notes
Je ne scay pourquoy tu ne notes
Quaux aultres fais exercion
Car dune seulle porcion
Que tu donnes a vng tel maistre
Pourroit on nourrir ⁊ repaistre
Cent poures qui ont indigence
Et le clerc est en negligence
Riens ne donne au peuple menu
Combien quil soit a ce tenu
Crucifix regarde ⁊ aduise
A quel gens et en quelle guise
Tes biens tu donnes ⁊ espars
Blasme en es de toutes pars
Pour la clergie tous les biens gardes
Et nous mariez ne regardes

Nous viuons en plours et en paine
Nostre vie est de douleur plaine
Et la clergie vit a grant ioye
Sur nous prent sans labour sa proy
Nous mariez chetifuement
Viuons en tous poins tristement
Et la clergie vit sans tristesse
En tous temps est plain de lyesse
Jay grant merueille du clergie
Enquel estat las herbergie
On sesbahist qui la esmeu
Se vng poure clerc est pourueu
Tant qui viengne a estat de pape
Orgueilleulx sera soubz sa chappe
Et sy espris de vaine gloyre
Qui naura record ne memoire
Dont il viendra ne de sa vie
Na sy paruers iusqua pauie
Et sera plain dambicion
Et de pire condicion
Que le riche homme ne seroit
Vng riche a moins se passeroit
Pourquoy deuient poure orgueilleux
Ne despiteux ne merueilleux
Ne scay dont orgueil le surmonte
Si tost com en hault degre monte
Et la fortune multiplie
Si le poure homme luy supplie
Il luy sera loreille sourde
Tu scez bien que ce nest pas bourde
Escouter ne le daignera
Le dos contre luy tournera
Du temps passe ne luy souuient
Grant reuerence luy conuient
Ny vault rien feal acointance
Paix ne amour ne congnoissance
Il semble estre tout desiree
Quil soit tout de nouuel cree
Dieu pourquoy la clergie fortunes
De tes biens que pour eulx a vnes
Quilz despendent si follement
De nous nont cure nullement
Ilz maynent vie deshonneste
Le pie nous tiennent sur la teste
Pour eulx nous laisses lapider
Et estrangler et embrider
En labour vsons nostre vie
Pour nous et pour nostre maignie
Chascun marie y labeure
Sy ne nous secours en nulle heure
Et pource appert notoirement
Que plus grant loyer voyrement
A la clergie de vie oyseuse
Que nous de peyne besongneuse
Tu ne prises pas vng labour
Les peynes de nostre labour
Tu obeys a leurs demandes
De bons vins de bonnes viandes
Vsent et vestent les bons draps
Et cheuauchent les cheuaulx gras
Par les bordeaux voulentiers entent
Au moustier ne lisent ne chantent
Certes qui au clergie diroit
Ses oeuures il en rougiroit
Plus que sauatier ne speut
Il boyt du peuple la sueur
Griefment se messait et mesprent
Quant leur labeur mengeue et prent
La viande deuient puant
Quilz prenent sur la gent suant
Il sont trop pires que les vers
Qui bien entendroit les vers
Les vers mengeuent la charongne
Mais la clergie nous ronge et tongne
La clergie nous mengeue tous vifz
Char et sang tant est alonnis
Et cil sy quil nous y sequeure
Char et sang destruit et deueure
Encontre les droiz de nature
De riens qui face ne pren cure
Las dy ie que la clergie feroyt
Quant nostre labour cesseroit

Viure ne pourroit de rousee
Que seroit la gorge arousee
De viandes plus delictables
Dequoy on peut seruir aux tables
Comment se pourroit contenir
Chault ne froit ne peut soustenir
Nil ne se pourroit trauaillier
A labourer ne a veillier
Le peuple tout fait a tout liure
Et sy ne peut durer ne viure
Quil ne soit tousiours tempestez
Et par la clergie molestez
La clergie ne quiert occasion
Fors que dauoir dauoirs foyson
On seult iadis du clergie dire
Que richesses vouloit despire
Et du corps les oysiues vaines
Et souffroit grans trauaulx et paines
Pour acquerir vraye science
Or est de large conscience
Qui plus de deniers acumule
En plus hault degre intitule
Mieulx ayment les cõnins et lyeures
Quilz ne font sainct marc a ses lyures
Et vne piece de saulmon
Que la science salomon
Et pour vng cheual son luy donne
Fera tort a mainte personne
Ne pour cheual ne pour iument
Ne doit faire faulx iugement
La clregie ne prise vne ecorce
Les armes hector et la force
De sanson ailleurs estudient
Toute science repudient
Fors celle de philopecune
La gist leur pensee commune
Sens ne force nest que brupne
Pecune est du monde roýne
Elle donne lignages a forme
Elle deffait elle deffourme
En rauist son pouoir donne
Empire royaulme et couronne
Certes tu nes pas demy dieux
Car tout le dieu vault assez mieux
Il est roy a souuerain sire
Il toult et oste ton empire
Qui es tu dy qui te rassotte
Dors tu ou tu es ydiotte
Qui a ce souffrir te conseille
Iay de ta clergie grant merueille
Com cheualier est atourne
En quel ordre est il tourne
Et sy est clerc par tes prebendes
Et iacoyt ce que ne les vendes
Il est roy pour les marchandises
Car il achapte a vent eglises
Mesmerueille et qui ne parfond
Quant ie y pense bien parfond
Com cheualier armes ne porte
Mais de tout traueil se deporte
Comme lay ne veult labourer
Ny ne veult chanter ny orer
Ne prescher ne sermonner
Ne du syen aux poures donner
Dy donc du clergie que sera
Comment il luy resistera
En quel estat a en quel ordre
Sy com sainct bernard le recorde
Leur orgueil qui dedans souffle
Et volle plus hault que escouffle
Les tresbuchera sans salus
Dedans les infernaulx palus
Illec nest point ordre tenu
Pour le grant ne pour le menu
Tous yront par illusion
Par tresdure confusion

Tu nous as faiz et rachaptez
Et des peynes denfer gettez
Et les trespasses et presens
Tu nas cure d faulx presẽs
Tu nes pas de maulx recepteur
Ne des personnes accepteur

Doncques appert que nous subornes
Se pour clergie le dos nous tournes
Tu ne nous dois arriere mettre
Car sy comme tesmoingne la lettre
Simple est et indiuisibles
En tamour quont les gens paisibles
Doit auoir parfaicte vnion
Sans part ⁊ sans diuision
Car en toy na ne plus ne moins
He dieu qui en ta gloire mains
Certes tamour nest pas prouuable
Doncques est chose veritable
Que tu nous dois esgaulment
Aymer par amour loyaulment
Tu nous dois plus aimer que nous
Les prelatz quon sert a genoulx
Et se tamour au vray congnoistre
Pouoit amender et accroystre
Sy com des faiz des hommes voys
Sy dy ie que cy toutesuoyes
Tu procedes iniquement
Tu es iuste et iustement
Tu doys tous les iustes aymer
Et les garder sans entamer
Pourquoy aymes tu seulement
Les prelatz tu sces quellement
Sont iniustes ⁊ dissolus
Par eulx nauras vng bon salus
Tu leur donnes trop grant maistrise
En grans perilz en est leglise
Las tes status nous decoyuent
Les prelatz gouuerner nous doyuent
Et garder en crudelite
Et enseigner la verite
Par seremens et sans contraires
Mais il nous sont du tout contraires
A nul besoing ne nous sequeurent
Mais nous et le nostre deuourent
Contrefont sainct pierre lapostre
Et nous preschent la patenostre
Aulcunesfoys en leur parolle
Mais leur vie mauluaise et folle
Nous monstrent exemple de dyable
Le fait en est assez creable
Cil est bien sourd qui goutte noyt
Se le peuple se gouuernoit
Iouxte lexemple des prelatz
Tantost cherroit dedans le las
Qui se bailleroit en leur garde
Tu es fol qui droit y regarde
Le fol nuyst sy com y me semble
Le chat ⁊ le flaon ensemble
Affin que plus seur demourast
Que le souriz ne le mengeast
Quant le chat le flaon tasta
Il le mengea tout ⁊ gasta
Sans nettoyer et sans parer
Le chat peut on bien comparer
A ces prelatz desordonnez
Que tu as sur nos ordonnez
Pour nous garder ⁊ enseigner
Tu ne nous peuz plus meshaigner
Car ilz rauissent tout et prendent
A riens fors qua pillier nentendent
Tu nous diz que tu es bon paistre
Cest honte au pasteur ⁊ au maistre
Quant tu seuffres ta bergerie
Deuourer par tel louuerie
Nous sommes tes brebis ⁊ bestes
Sy nous doiz garder de molestes
Et daultres choses dommageables
Les prelatz sont loups rauissables
Que tu as pasteurs esleuz
Sur nous sy sommes deceuz
Car ilz gastent tout et destruissent
Et tous nous plument ⁊ nous nuysent
Et font plus de maulx ⁊ de troubles
Combien quilz ayent cornes doubles
De quoy le chief moyses queuures
Tel prelatz mōstrent par leurs oeuures
Nature de beste sauluaige
Puys quainsy sont a tous dommaige

Par eulx quont comes esleuees
Sont tes brebiettes greuees
Plusieurs en ont fait estrangler
Quant ilz les peuuent aueugler
Mais par sainct pierre de beauuais
Je ne parle que des mauluais
Qui plus tollent et plus rauissent
Que les loups qui des boys hors yssent
Car des bons ne doit nul mesdire
Ne par enuie ne par ire.
¶ Comment maistre mathieu se plaint
Deuant dieu et dist tout aplain
Qui souloit estre dieu parfait
Et maintenant ne scet quil fait

Oi tes faitz considere a certes
Tu nous exilles et desertes
Tu faiz de ce deuāt derniere
Contre lordōnance premiere
Sans garder ordre de droicture
Lieu ny a raison ne nature
Quant femme seigneurist sur homme
Et elle se deust seruir comme
Son chief et faire obeissance
Lomme est le chief et la puissance
Sur la femme luy appartient
Lascencion celle part tient
Doncques a droit iugier et dire
Femme ne se doit escondire
Ducnuers son homme nobeisse
Car tenue y est chescune ysse
Ne nul pouoir de soy ne treuue
Sy com lescripture nous preuue
A lomme en est la poeste
Mais elle y a bien pou este
Dont conuient quelle obeisse
Ou dauec luy sen voise et ysse
Tu formas la premiere mere
Du coste dadam nostre pere
Affin de luy faire succide
Bon plaisir seruice et ayde
Dont est la femme humilyee
Et a lomme seruir lyee
Dy donc pourquoy elle domine
Sur lomme le destruict et mine
Pourquoy souffrez tu tel contraire
Aultre raison y puys bien traire
Les decretz nous dient en somme
Que la femme est subiecte a homm[e]
Mais qui au clerc lesprouueroit
Tout le contraire trouueroit
Car sur lomme a la seigneurie
Quoy quelle face pleure ou rie
Il nose les ioues mouuoir
Souffrir le fault pour escouuoir
Sy com iay dessus recite
Dont iay merueille en verite
Comme femme qui doit le chief
Auoir couuert de queuurechief
Ou daultre simple couuerture
Et qui par les droys de nature
Quant elle voit homme venir
Vergoingneuse se doit tenir
En signe que bien luy souuient
Deue que seruir la conuient
Se meut qui la peut tempter
Ne comment elle ose attempter

Que elle qui doit estre serue
Ose presumer quon la serue
Et sefforce de seignourir
Sur lomme ꝛ veult encourir
Jadis souloyt estre aultrement
Car la femme au commancement
Estoyt par simplesse voylee
Descouuerte ou escheuellee
Et maintenant la corne porte
Par grant fierte qui luy enhorte
Ne lomme ne prise vng festu
He dieu pourquoy le seuffres tu
Pourquoy ainsy les femmes haulces
Pourquoy leurs mauluaistiez expaulces
Endormy es ou tu rassotes
Puys que le droiz aux hommes ostes

N genesis dit lescripture
Que quāt lōme a descōfiture
Par conseil de femme pecha
Dont sa frāchise se despecha
Tu deis que femme seroyt
Subiecte a lomme ꝛ que seroyt
A tousiours son commandement
Dessors perpetuellement
Le mys tu a subiection
Or a la domination
Sy te rentz sur ce mensongier
Femme fait trop a ressoingnier
Lomme la croyst ꝛ lobeist
Qui la verite en deist
Il semble que tu noses mye
Contrester a telle ennemye
Ne contredire a ses reprouches
Ou il semble que tu lapprouches
Comme folz et ses fais regardes
Et en sa folie la gardes
Sy dy que qui a droyt y pense
En tes euures a grant offense
Et te condempnent a merueilles
Tu fais les choses despareilles
Et quanque tu fais a reprouche

Dire me conuient car il me touche
Je deis oultre que tu deis
Et en tes parolles meis
Que nul hom tant soit saige maistre
Ne peut de tes disciples estre
Se femme ꝛ biens tous ne laisse
Et renonce a quanquil possesse
Doncques quil veult ta part tenir
Et ton disciple deuenir
Conuient que il laisse sa femme
Selon tes ditz pour sauluer same
Sy voy que femme retenir
Ne peut fors que mal aduenir
Et les laissier est seurte
Sauluement est bien aseurte
Cest le prouffit euidamment
Aussy disons nous vulgaulment
Du dyable achapter ou prendre
On le doit laissier ou reuendre
Femme est sathan assez le preuue
Que les ditz de socrates treuue
Quant de sa femme nous racompte
Qui luy faisoit ennuy ꝛ honte
Il congneut ses faitz detestables
Sy dit que femmes sy sont dyables
Cathon qui en scauoit la geste
Dit que quant femme fait moleste
On ne la doit pas retenir
La sentence fait a tenir
Cathon qui iugeroit saigement
Ne eust pas fait tel iugement
Sil nen sceut bien loccasion
Dont ay ie assez probacion
Puys que chescune est rioteuse
Et sy com iay dit molesteuse
Dont la doit on plus regiber
Plus fort raison veulx exhiber
Qui se marie il est deceuz
De la saincte cene des cieulx
Et ny peut aller bonnement
Se saincte escripture ne ment

He dieu com iesuys forcenne
Se tu as ainsy ordonne
Mariage com ie remort
Tu es cause de nostre mort
Nous sommes en corps et en ames
Les corps sont tourmentez par femmes
Lame nen peut a toy aller
Pour monter ne pour avaller
Comment mort est elle bannye
De toy ꝛ de ta compaignie
Car qui est marie par prestre
Il ne peut ton disciple estre
Nil ne sera ia hostellez
Avec ceulx qui sont appellez
A la cene de paradis
Tu brassas nostre mort iadis
Dont ie me complains a toy dieux
Ou tu dors ou tu es trop vieulx
Tu ne faiz pas droit esgaulment
Aux conioings especiaulment
Cest par viellesse ou par enfance
Que tu establiz lordonance
De cestuy mariage lay
Certes trop suys en grant esmay
De toy crist quainsy te messaiz
Je ne me congnoys en tes faiz
Par tes droiz par ton tesmoingnage
Tu metz troys biens en mariage
Tu y metz foy par serement
La seconde est sacrement
Et le tiers est engendreure
Mais il ny a chose seure
Ne plaisant a homme qui vive
Car il ny a ne sons ne rive
Et quant ie plus y considere
Plus y voy meschief et misere
Primo saulue ta reuerence
Il ny a foy ne conscience
En mariez soit il soit elle
Tant le masle com la femelle
Car lung tend a laultre destruire
Exemple en ay pour moy instruire
Comment on doit femme doubter
Et quon ny doit foy adiouster
Ny a sy simple de visage
Qui par coustume ne par usage
De son mary la mort ne vueille
Et machine dont il se dueille
Et pource ne les doit on croire
De iob ay trop bien la memoire
Quant sa pestillence souffroit
Et en souffrant a toy se offroit
Que sa femme par felonnye
Par contraire et par tyrannye
Luy disoyt quil te beneist
Affin que brief sa mort veist
Fol est qui en femme se fye
Bersabee nous signifie
Leur estat pour son aduoultire
Dont urye receut grant martire
Dist dauid au liure des roys
Sont bien notez ses grans desroys
Dire peut on malle chanson
Et dalida femme sanson
Bien esprouua la tricherie
La fraude et la baraterie
Des femmes qui ne craingnent honte
Sune truande espouse ung conte
De sa mort pronostiquera
En pensant quung mary fera
Apres luy pour nopces nouuelles
On voit que trestoutes sont telles
A grant mauluaistie entendit
Celle qui son mary pendit
Et sy mourut il pour samour
En faisant pour elle clamour
On lit en ung liure ancien
Ypocras le phisicien
Qui la chair de truye mengea
Sa femme griefment sen vengea
Par sa coulpe le fist mourir
Oncques ne sen peut secourir

Vne qui son mary lauoit
Et qui en grant hayne lauoit
Sauisa de trop grant meschief
En lauant luy couppa le chief
Ne scay comment sen enhardy
De ce messait tant enhardy
Vne aultre de dompere nee
Comme desloyal deffrenee
Fist murdrir son mary par nuyt
Pource que mauluaise chair nuyt
Elle fut par iugement arse
Et pour son crime au vent esparse
Plusieurs en a en ce pays
Par qui leurs mariz sont trahys
Plus nen diray en ceste page
Mais son trouoit en mariage
Aulcun bien foy ou loyaulte
Il vient par especiaulte
Des hommes qui en taige poinct
Car es femmes nen ya point

Quiconcques a fait mariage
Pour auoir enfans & lignage
certes il fist ie nen doubte mie
Grant preiudice a la lignie
Car trop plus peut multiplier
Sans nul lyen que par lyer
Sans mariage continue
Sespece toute beste mue
Toute plante en herbe engendre
Sans mariage son droit gendre
Sy nen puys mais se ie varie
Quant nostre espece se marie
Mesmement que les saiges dient
Que les choses plus expedient
Quant sont faictes par voye briefue
Et la meilleur voye me griefue
Dont il te voulsist agreer
Tu peusses bien chescun creer
Sans mariage et sans promesse
Ny conuenist lyen ne messe
Dy doncques pourquoy ne le faiz
Et pourquoy establiz tes faiz
Le mariage pour lignee
Raison nest pas a droit lignee
Car mariage fait plourer
Gemir penner et labourer
Nul nen scay de sens sy pare
Qui respondist a cest quare
Tu ne nas pas cree nature
Pour vne seule creature
Nennil elle est a tous commune
Chascun la fait a sa chascune
Tousiours se veult esuertuer
Homme & femme continuer
Sy men vueil a toy desgorgier
Je te dy contre droit forgier
Le mariage tefforcas
Et que contre droit grant force as
Et encontre le droit des peres
Car combien quilz seuffrent miseres
Et payne pour leur nourriture
Le filz vouldroit de sa nature
Que son pere tantost morust
Affin que la richesse eust

¶ Comment cam son pere mocqua
Pourquoy son honneur reuocqua
Car cil quil au pere dessert
Cest bien raison que il soit sert

Cam filz de noel regarda
Son pere qui mal se garda
Ses pastroilles vit descou/
Entre ses deux iābes (uertes
De couuerture mal garny (ouuertes
Sy le mocqua et escharny
Que diroye on list playnement
En lescripture qui ne ment
Les enfans que iay nourris
Desirent que soye pourris
Je les nourris ilz me desperent
Ne ma vie oncques naymerent
Le filz na repos ne seiour
Que tard ne luy est de veoir le iour

Le temps et les ans de son pere
Desirant que sa mort appere
Et sont plus conuoiteux que cinges
A payne donnent ilz nulz linges
Pour leurs peres enseuellir
Sy ne doit pas trop embellir
Au pere qui tant estudye
Que pour ses enfans destruye
Tant plus a conquerir samort
Et tant plus desire sa mort
Pour auoir les biens quil amasse
Dont mainte femme est apres grasse
Sil est poure on le redoubte
Adonc vouldroit lenfant sans doubte
Que son pere geust en la biere
Pource qua viure ne luy quiere
Sil est vieulx lors desplaist sa vie
Et dit on ne mourra il mye
Cest grant honte quant il vit tant
Ainsy le va len despitant

¶ Comment soubz salomon le roy
Deux enfans en tresgrief desroy
Leur pere de terre gette
A beaux arcz le vont sagette.

Iadis soubz salomon le roy
Deux iouuenceaulx par grant
firēt leur pe dessouyr (desroy
Tout mort sy est dur a ouyr
Encontre vng arbre le dresserent
Et de sagettes le percerent
Tout droit au cueur expert
Qui pourroit au plus pres ferir
Ou sy en oseroit trop plus prendre
Et en faulx vsages despendre
Que pour mauluais maistre conqueste
Le pere quant pour eulx conqueste
Paresseux les fait deuenir
Car enuys peuent a bien venir
Oncques emery de narbonne
Ne voult a ses filz donner bonne
De ses biens patrimoniaulx
Dont les enfans narboniaulx
Allerent ailleurs conquester
Et a eulx bien faire apprester
Se tu es dieu le tout puissans
Sy comme a moy es congnoissans
Jay cause de toy opposer
Pourquoy laissez tu supposer
Les choses contre verite

Aux usaiges de la cite
Que le peuple fait par simplesse
Respons moy quel iugement est ce
Goutte ny voys dont nest tu saige
Quant tu laissez droit par usaige
Lusaige au laiz met ceste clause
Que sans congnoissance de cause
Ne doit nul faire iugement
Le droit fault quant le iugement
Usaige tout par tout a nom
Loy escripte ne droit canom
Ny vault riens las cest grât dommaige
Tout est modere par usaige
Que vault la loy de lempereur
Puys que lusaige est modereur
Avec usaige y a coustume
Qui contre droit souuent presume
On le voit es successions
Assez y a dabusions
En especial de noblesse
Cest usaige vient de simplesse
Et diuersement se varie
La benoiste vierge marie
Quant iosepħ prist en mariage
Ne lespousa pas par usaige
Quelle en deust enfans auoir
Sy pouons veoir et scauoir
Quaultres sen marient assez
Qui sont vieulx frailles et cassez
Et se mettent en compaignie
Sans esperance de lignie
Lignee donc nest pas la cause
Dont mariage sy se cause
Car souuent sen fait aliance
Sans auoir denfans esperance
Affin quaucun ne me repreigne
que otre la loy ne mespreigne
Je ne vueil friuolles trouuer
Ne ie ne vueil pas reprouuer
Le sacrement de mariage
Mais ie quiers en mon courage
Pourquoy ie faiz cest sacrement
Tel et poingnant sy asprement
Par griefte et par violence
De luy vient toute pestilence
Tansons batailles & riottes
Et oultre a chascune mary ostes
La ioye du soupper royal
De la cene celestial
Les mariez ny sont abilles
Sy com dient les euangilles
Ung qui fut appelle iadis
A la cene de paradis
Respondit ie ny puys venir
Car femme me fait retenir
Mariage ma fait soupper
Sy ne puys aller au soupper
Sy sensuyt puys quil a failly
Que les aultres sont mal bailly
Pourquoy la aller ne pourront
Sans goutter la cene mourront
Grant douleur doit auoir y la
Pour celluy qui estably la
Doncques est ma raison prouuable
Que le mariage est dampnable
Puys queuuangille ainsy lafferme
Une aultre raison y ferme
Qui appert assez manifeste
Pose que pierre face feste
De sarre qui par amour ayme
Et par mariage la clame
La chose mue & pourquoy est ce
Car sarre deuient felonnesse
Vers pierre par ditz & par faitz
Nul ne sera ia sy parfaitz
Quapres troys iours par sa priere
Ne voulsist qui geust en la biere
Et se point ne se marioit
Et il se iouoyt et rioyt
Sans le mariage parfaire
Elle luy seroit debonnaire
Doncques dy ie que mariage

Est dampnable par son ouurage
Du lit marital vient le vice
Qui nous esprouue la malice
Et nest pas nature sy ville
Que seulement creast sebile
Pour verry ne verry pour elle
Ne moy aussy pour perrenelle
Quant les gens ensemble parient
Chescun pour chescune apparient
Mais mariage est au contraire
Se il veult a la seule traire
Dont nature est formêt côtraincte
Et souuent troublee et estraincte
Retourner veult a sa franchise
Et quant ny peut estre remise
Lors sont riottes et discordes
Reprouches et tancons recordes
Dont tant que mariage dure
Litigieux est par nature
Il nest chose tant destruisant
Tant mauluaise ne sy nuysant
Pourquoy donc le faiz tu ainsy
Certes tu ne pechas sy
Les choses aduenir scauoyes
Et tous deuant tes yeulx veoyes
Le prouffit aussy le dommaige
De toutes choses et en tout eage
Tu sces bien que la chose causee
Respond et est appropriee
A la cause et tu es cause
Or respons donc a ceste clause
Puys quon te dit de paix acteur
Et de transquillite facteur
Pourquoy feiz tu acommancier
Les mariages pour tancier
Paix vient de toy a toy veult traire
Et mariage est au contraire
Mariage est plain de scrempe
Doncques ne le feis tu mye
Le plus des gens dient et tiennent
Que mariages denfer viennent
Pource quilz sont demonieux
Rioteux et litigieux
Se tu es bon parfaictement
A arguer directement
Toutes choses sont de toy bonnes
Ne de toy riens mauluais ne donnes
Doncques puys ie assez prouuer
Quon ne pourroit en toy trouuer
Que sy fainctement te prouuasses
Que les mariages trouuasses
Ne auec lespoux lespousee
y fut oncques par toy posee
Par contraincte de mariage
Contre le naturel vsage
Pource que cest chose mauluaise
Se ie targue ne te desplaise
Tant mesmerueil de ton affaire
Que ma langue ne sen peu taire (ueille

En merueillât ay grant mer-
merueileusemêt me merueille
de ces merueilles q̃ ioye dire
A toy blasmer me ꝯtraint ire
Car certains tu soyes tenus
A tous sauluer grans et menus
Pourquoy nous pecheurs no⁹ menaces
Et nous condempne et enlaces
Sans fin en pardurable payne
Pour vne coulpe momentayne
La payne qui droit veult compter
Ne doit le messait surmonter
Pourquoy sommes nous tellement
Tourmentez pardurablement
Pour pechier petit et legier
On doit les paynes alegier
Raison veult quon les appetisse
Dont ce nest pas vraye iustice
Quant la pugnition excede
Je me merueil dont ce procede
De ton propre sang rachetez
Nous as et des paynes gettez
Dont appert que sauluer no⁹ doyues

Et quen ta gloire nous recoyues
Ainsy com ientens proprement
Faire le doys ou aultrement
Ta redemption seroit vayne
Se ne nous deliurez de payne
Car les pechez qui nous guerroyent
A la mort denfer nous menroyent
Or as tu pour nous contreste
Et tu eussez trop fol este
Quāt toy pour nous en croix soffris
Et les paynes de mort souffris
Se tu souffroyes de rechief
Que mort nous meist a meschief
Ta redemption seroit faincte
Mais la mort fut par toy estaincte
Car celle pouoit reuenir
Et nous en ses tourmens tenir
Tousiours nous seroit ennemye
Comme par toy ne seroit mye
Rachete bien souffisamment
Ainsy appert euidamment
Que sauluez sommes par ta grace
Et oultre en poursuyuant ta trace
Nous auons vraye congnoissance
Que ton vouloir et ta puissance
Tout vng se ioinct a apparte
Et ne se meut ne ne varie
Et est tout vne mesme chose
Sy conclu playnement sans glose
Que tu pere les veulx tu faire
Et tout ce qui test voluntaire
Demeure pardurablement
Car durable est plus noblement
Ton vouloir fichie par droicture
Que ce que certain temps dure
Car le fichie est plus durable
Que le corruptible muable
Tu nous peuz tous sainctifier
Et en ta gloire edifiier
Doncques le veulx tu et vouldras
Selon raison ia ny fauldras
Ton vouloir ne peut nul oster
Sy puys bien conclure a noter
Que par toy sommes vrayement
Tous sauluez necessairement
Et se tu deiz que noz pechez
Desquelz nous sommes empeschez
Que dieu het a veut contempner
Sy ne nous vueille condempner
Garde que tu ne veulx mye
Mort du pecheur mais de la vie
Ne tu ne veulx pas quil perisse
Mais qui viue a se conuertisse
Les mauluais qui font les meffais
Ne peuent empeschier tes fais
Nobuier a ta voulente
Car pouoir a vouloir ente
As a nostre saluacion
Sans point de variacion
Doncques est il necessite
De tous sauluer en verite
Non obstant quelque empeschement
A tousiours pardurablement
Nous fait faire ta grace plaine
Non pas a temps ne a sepmayne
A tous est de durable vie
La mort pardurable amortie
Doit par toy estre regettee
Qui nostre vie as rachetee
Comme tu soyes pardurable
Aussy ta grace secourable
Nous doys donner semblablement
A tousiours pardurablement
Puys qui te plaist nous releuer
Riens ne nous peut iamais greuer
Daultre part tu es le bon maistre
Pour saulucr pupart voulsis naistre
Et en la croix mort soustenir
Quant pastour voulsis deuenir
Sy doys releuer tes brebis
Et rappeller par les herbis
Saulcunes en voys esgarees

Que par toy soyent reparees
Tu doys leur salut pourchasser
Et les loups arriere chasser
Aux chiens au baston a la voix
Sune en perist et tu le voix
Tu la doys tantost secourir
Car se le bergier laisse mourir
Une brebis par sa simplesse
Par son deffault par sa paresse
Droit dit quil est tenu du rendre
Ou cas qui la pourroit deffendre
Non obstant argus empeschans
Et puys que le bergier des champs
Est pour la rendre conuenu
Encor y es tu plus tenu
Qui tout voys et sut tous a tour
Et qui es souuerain pastour
Doncques sensuyt il vrayment
Puys que tu peuz le sauluement
De ton peuple & de tes oeilles
Que saulner les doys et vueilles
Se ta pitie ne te remort
Tu es cause de nostre mort
Mais quon dye de nous hommes
Qui en estat de sauluer sommes
Je ne cuyde pas que de femme
Puisses auoir ne sauluer lame
Car tu scez que raison apperte
Quelle est cause de nostre perte
Et de ta mort occasion
Doncques a sa saluacion
Ne doys encliner nullement
Et quant au iour du iugement
Quadam lors resuscitera
Et en son corps entier sera
Adonc le gendre femenin
Sy com ie dy plain de venin
Tout au neant reuertira
Et ainsy se esuanouyra
Car qui aultrement le feroit
Adam pas entier ne seroit
Se la coste nestoit remise
Au lieu la ou elle fut prise
De quoy femme formas iadis
En ton terrestre paradis
Dont puys luy vea le sentier
Adam ne seroit pas entier
Mais sa coste restituee
Femme sera destituee
Ainsy sa mere ne sera
Ne ia ne resuscitera
Las tresdoulx dieu et trespuissant
De mon erreur suys congnoissant
Bien trop quen parlant iay erre
Mais iay le cueur forment serre
Jre me contrainct a mon plour
Sil y a en mes ditz folour
Espargne moy glorieux dieux
Soyes debonnaire & pieux
A mame triste et desuoyee
Sy que par toy soit rauoyee
Daigne par ta grace diuine
Que de toy veoir soye digne
Vray dieu ayes de moy mercy
Sy doulans suys que ie meurs cy

¶ Comment dieu respondit tout nus
Aux argumens matheolus
Lequel fist sans abusion
Tresnotable conclusion.

¶ Response de dieu aux argumens
Comment il conforta les mariez.

Mon filz entens q̃ ie vueil dire
Oste toy de courroux et dire
Se pour moy seuffres & endu
Griefetz & tourmens et (tres
Dõt tu me faiz ci grãt clamour(laidures
Remembre toy que pour lamour
De mon peuple que iayme tant
Enduray grief peyne et tourment
Je fuz bastu ie fuz crachez

Crucifiez et ataichez
En la croix dressiez et pendus
Par piedz & par mains estendus
Souffrir me conuient iucq a mort
Et ma pitie a ce samort
Que par ma mort rendy la vie
Adam & a sa lignie
Ainsy que besoing en estoit
Et que mamour ladmonnestoit
Qui mon piteux cueur assoupply
Jay mon conuenant accomply
Certains signes en peuz auoir
Et se mon proces veulx scauoir
Et la cause du rachapter
Il te fault loreille aprester
Et le cueur pour bien retenir
Affin quil ten puyst souuenir

Uant des palays celestiens
Feis des anges les citoyens
Et ie les euz faiz et creez
Lucifer fut cy desreez
Et tel penser en soy cueillit
Que contre moy sen orgueillit
Et ne voult estre obeissant
Plus que soleil resplendissant
Ses cornes contre moy leua
Mais son orgueil moult le greua
Et dist que sy hault se verroit
Que dessus aquilon serroit
Et dist qua moy seroit semblable
Com tout puissant & pardurable
Mais assez tost se desbuscha
Et en tenebres tresbuscha
Hors de lumiere souuerayne
La ius en douleur & en peyne
En enfer tresbuscha sans doubte
Et luy & sa sequelle toute
Tant fut fol et oultrecuydez
Quant ie veiz les sieges vuydez

¶ Comment adam desobeit
Quant a eue il obeit
Sil neust dessus moy grant enuie
Pas neust menge le fruit de vie

E la celestial mansion
Lors fonday mon entencion
Au remplir et au reparer
Sy formay pour requiparer
Ainsy comme roy souuerain
De ma main homme primerain
Vng tout seul fruit luy deffendy

Mais pour ingrat il se rendy
Et sy tost quil fut marie
Et auec femme apparie
Il mua sa condicion
Par orgueil plain dambicion
Car lennemy qui loffensa
Sy com iay dit assez pensa
Que hom la perte restabliroit
Et que les sieges rempliroit
Es cieulx en pardurable vie
Dont sur lomme eut sy grant enuie
Que par sa femme le deceut
Qui tel orgueil en soy receut
Que deesse cuyda bien estre
Et moy bouter hors de mon estre
Mal temptee mal sapresta
Et son mary admonnesta
Tant quilz gousterent de la pomme
Que iauoye interdicte a lomme
A mon command desobeirent
Tant quen chetiuete cheirent
De tout honneur furent priuez
Et au port denfer arriuez
Adam et sa lignee toute
Aloit en enfer a grant route
Tous y alloyent a destroy
Sans espargner conte ne roy
Ne prophete ne patriarche
Quant mon pere de la haulte arche
Menuoya et tramist pour eulx
Je descendy comme amoureux
Au sainct cloistre a la noble vierge
Qui de moy garder fut concierge
Et me conceut virginalment
Pareil et a mon pere esgalment
Tant comme est a la deite
Tousiours fut vierge en verite
Et virginalment menfanta
De prerogatiues tant a
Que vierge est apres et deuant
Et puys apres de ce me vant

Vray dieu vray hom de vierge nez
Qui pour vous sauluez ordonnez
Sans peche sans corruption
Prins en vierge incarnation
Com tout saichant et tout puissant
Et toutes choses congnoissant
Les memoires bien trouuer scay
Comment au monde conuersay
Nudz piedz et vestu pourement
Et enduray moult humblement
Fain et froit chault soif et misere
Soubz forme de cerf en bruyere
Combien que seigneur ie feusse
Et que sur tous pouoir eusse
Ce fut pour oster de seruaige
Et affranchir lumain lignage
Mais en iudee se adressa
Mon peuple contre moy pecha
Contre moy dist plusieurs iniures
Mesdis reprouches et laydures
Moy innocent crucifia
Et iucq a mort me deffia
Quant ie souffry ma grant douleur
Le soleil perdit sa couleur
Et se tourna en obscurte
Lors que la mort me fist durte
La terre trembla tellement
Que lors ny eut element
Qui ma mort bien ne congneust
Et que grant douleur nen eust
Le feu lair leaue et la terre
Quant leur facteur virent en serre
Amerement ma mort plourerent
Et de lamenter seforcerent
Et mon peuple moult fut teux
Je suscitay com vertueulx
Au tiers iour rentray en ma gloire
Contre la mort obtins victoire
Par ma vertu tant estriuay
Que mort vainqui puys remitay
Et que mes brebis rachaptees

Furent par moy denfer gettees
Et ramenay ma bergerie
En la saincte herbergerie
Bien vueil que chescun saiche tant
Quainsy les alay rachetant
Cest mon proces cest ma besoingne
Et lescripture nous tesmoingne
Ung dit qui nest en vain qui
Nomme celluy qui mort vainqui
Et par mort lennemy destruit
En larbre par larbre restruit
Ce qui par arbre estoit dampne
Tout ce qui estoit dadam ne
Aloit tout a perdicion
Mais lomme en fit reddicion
En larbre tant que par son regne
Mors est morte et la vie regne
Mais pource quil y eut grant somme
Et que la vertu du premier homme
Ne pouoit par tout na demy
Vaincre de soy son ennemy
Il convient par necessite
Que dieu avec humanite
Se soubmist en larbitraige
Pour satisfaire de loutraige
Par toute humayne creature
Car sy laignel par aventure
Eust faicte la redemption
Plus eust de dilection
Et plus grant amour desservy
Que dieu qui point ne lasservy
Sy com tu le pourras entendre
Car le creer est chose tendre
Et le racheter est greigneur
Pource est fait par le seigneur
Ne laignel pas nappartenoit
Et oultre daultre part tenoit
A ce que lomme tant attempta
Pource qua estre dieu tempta
Et tresbuscha par son meffaire
Dont fut chose tresnecessaire
Que me monstrasse doulcement
Vers homme & treshumblement
Que pour son rachapt obtenir
Je voulsisse homs devenir
Et comme hom le rachetasse
Et que par moy le delivrasse
Ne treuve len pas en escript
De la mort et des paynes crist
Comment souffrir le convenoit
On lit se bien ten souvenoit
Que dieu en la voye regna
Lennemy prist & affrena
En chaynes de feu ardans
Ainsy feuz mes amys gardans
Doncques a vous a droit le compte
Mamour toute aultre amour surmonte
Je souffry mort & grief hachee
Pour saulver dadam la lignee
Je te pry especialment
Que tu seuffres paciamment
Pour mes douleurs & paynes briefves
Car pour toy les souffry plus griefves
Menasses tourmens et crachatz
Souffry pour faire le rachaptz
Les clous la lance et les espines
Impserent pour amours fines
De mon peuple et de mes amys
Ma mort en vie les a mys
Et pource que ie ne vueil mye
Que ma mesme soit pugnie
Sy ne vueil que pecheur muyre
Mieulx le aym a saulvement conduyre
Com champion et redemptour
Et aussy pource que lentour
Ne doit pas assez pres getter
Ce quil sceut de racheter
Et pource que desloyal cure
Les malades garis et cure
Pour corrigier les pecheours
Les pervers & les lecheours
Pour amender leur conscience

Et pour prouver leur pacience
Et leurs vertus et leurs victoires
Leur ay fait plusieurs purgatoires
Playnes de tourmens et de raige
Entre lesquelz est mariage
Le plus cruel le plus horrible
Plus tourmentable et plus penible
Les paynes nen puys compter toutes
Plus en y a quen mer de goutes
Ce sces tu car esprouve las
Maintesfoys en as dit helas
Ceulx qui sont boulliz ou rostez
Ou escorchiez par les costez
Ou qui sont nudz pour eschauffer
Sur vifz charbons ou sur chault fer
Ne les decollez par grant ire
Ne souffrent pas sy grant martire
Tant de tourment ne sy grant raige
Com ceulx qui sont en mariaige
Payne nest sy grief com ta payne
Par mariage qui te mayne
Et ta ioye en douleur mue
Ta douleur as continue
Et esprouvee en la fournaise
Assez as souffert de mesaise
Pource que tu es vray martir
A mes biens te feray partir
Seuffre fort et ne doubte pas
Mais saichez quapres ton trespas
Sans payne viendras apres moy
Or sc yes doncques sans esmoy
Tes plours en ioye tourneront
Et tes souffrances moustreront
Quavec femme as fait purgatoire
Tu es purge et as victoire
Je nay cure des variables
Couraiges qui ne sont estables
Et recullent quant on les touche
Pource les heiz et les reprouche
Paris ala a ceulx dytalie
Pour eulx blasmer de leur folie
En mer souffrit mainte moleste
Maint tourment et mainte tempeste
Troys foiz fut plonge en la mer
Ou il eust dur temps et amer
Mais pource son cueur nen mua
En vraye foy continua
Sans flechir en nulle maniere
Et sa nef demoura entiere
Comme cil qui apris avoit
Et par espreuve bien scavoit
Que plus vault et est mieulx seure
De son amy la bateure
Et la dure correction
Faicte par bonne entencion
Que ne font baisiers frauduleux
De son ennemy cauteleux
Cest des baisiers que iudas donne
Qui decoyvent mainte personne
Je metz ceulx a saluacion
Qui seuffrent tribulacion
Il convient que la playe pue
Quant mire piteux la remue
Le disciple ayme follement
Qui est chastie mollement
Se la terre nestoit nauree
De fers et de herce aree
Pou de fruit pourroit apporter
Quant le pere veult supporter
Son enfant il ne layme mye
Mais ayme celluy qui chastye
Qui ses notables considere
Je vueil chastier comme pere
Car celluy que ie bateray
Du tout au net le metteray
Mais qui le seuffre bonnement
Et se repente vrayment
Et qui confesse ses pechez
Desquelz il se sent empeschez
Tous ceulx que iaym ie les espreuve
Et suys ioyeulx quant ie les treuve
Telle est ma maniere daymer

En mes amours na point damer
Dont concluz quamer me deuez
Et telz douleurs en gre prenez
Beau filz ayes en remembrance
Quant tu estoyes en enfance
Comme la ieunesse vsas
Pourquoy de ton temps abusas
Sans prouffit a a ton dommaige
Or te complains de mariage
Qui tant te liure de paleste
Qune heure ne peuz sans moleste
Par dedans doiz lamenter tu
Car on ne quiert pas la vertu
Dehors on la quiert es entrailles
Soubz la fueille est le fruit en tailles
De viure est le plus noble gendre
Et qui plus de vertu engendre
Que la vertu de pacience
Qui ne seuffre na pas science
Qui seuffre il vaincq ce dit la lettre
Dont a souffrir se fait bon mettre
Car pacience tout surmonte
Cest la vertu par on len monte
Au royaulme qui tout temps dure
Eureux est qui bien endure
Et qui prent pacience forte
Bonne esperance le conforte
Et est des douleurs medecine
Pour la douleur de sa racine
Les droiz exposent saigement
En bon espoir alegement
Et que qui en bon cas est greue
Ailleurs doit estre releue
Sy est droit que les mariez
Qui chescun iour sont variez
Dedans le monde sans cesser
Doyuent ioyr et possesser
Des biens a des ioyes celestes
En guerdon de leurs molestes
On ne doit pas affliction
Donner ne desolacion
Aux tourmentez ne aux blessiez
Mieulx est quilz soyent redressiez
Et guerdonnez a deux doubles
Pour leurs paynes a pour leurs troubles
Soyes doncques fors a entiers
Seuffre a endure voulentiers
Le dur tourment communial
Pour dyademe imperial
Receuoir lequel test offert
Quant tu auras assez souffert
Et en ton cueur ayez memoire
Ma croix ma mort et ma victoire
Saige est a qui en souuient
Qui ne veult seruir il conuient
Quil seuffre persecucions
Paynes a tribulacions
Par dehors nest pas la voye
De venir a parfaicte ioye
Se tu as vie douloreuse
Et pour vng brief temps langoreuse
Seuffres car tu sces que douleur
Et medecine de douleur
Et le monde les gens decoit
Car les ioyes quon y recoyt
Sont trop briefues a momentaynes
Et damertumes toutes playnes
Pource ne doit nul home estables
Laissier les ioyes pardurables
Chier filz remembre toy en ce
De iob et de sa pacience
Sy souffreras legierement
Ce qui te trouble ameremẽt
En ton cueur car par helisee
Fut la medecine aduisee
Quant le peuple israelyen
Estoit lye de tel lyen
Qui cuidoit morir de famine
Il aprist a faire farine
O le ius des herbes triblees
Que le peuple appelloit hebleez
Trop furent aigres au vaissel

Dont pour alleger leur faissel
Il fist la farine adiouster
Ce que ilz en peussent gouster
Helysee fist leur beuuraige
Adouber par soubtil ouuraige
Tout aussy comme la farine
Pacience est la medecine
Et qui fait cesser amertume
Qui peut souffrir par la coustume
Il endure mieulx sa tristesse
En doulx espoir dauoir lyesse
Prens le nouuel de la sentence
Pour toy tourner a pacience
Car en cest dit les herbes aigres
Font les vies aspres et maigres
Et tu es batu du flael
Compains au peuple disrael
Affiert sans ioye et sans risee
Et ie suys le vray helisee
Et pacience est la farine
Qui donne doulceur sade et fine
On seuffre pour couronne auoir
Noble et vaillant sur tout auoir

N ne donne pas la couronne
Au cōmēcier maison la dōne
En la fin quant lepreuue est
Filz p̄seuere ꝛ sy taffai(faite
Tellement qua bonne fin viennes (cte
La fin faict tout ces motz retiennes
Que le prin temps pas ne te fonde
Seullement dune seulle aronde
Le philozophe nous desqueuure
Et dit qune seulle bonne euure
Ne donne pas playne vertu
En ses ditz prouuer le peuz tu
Plusieurs vertus conuient auoir
Se tu veulx ioye receuoir
Soyes vigoreux et sy veille
Et a bien faire tappareille
Desprise tous les ieux du monde
Dont tristesse en la fin habonde

Qui bien commence ꝛ mal diffine
Son bon fait a neant decline
Visaige de noble couraige
Rit ꝛ ne se meut pour ouuraige
Ne pour mal temps ne pour moleste
Ne mue son propos honneste
Parfaiz ton bon commencement
Pour haster ton auancement
Car qui bien fine il a victoire
Qui plus souffre a plus de gloire
A lissue sont esprouuez
Les biens faiz ou les maulx trouuez
En la fin se monstre la chose
Et la loy nous dit et expose
Quon ne peut la chose a chief traire
Tant quil y ait riens a parfaire
Parfaiz donc que ce la charge
Pesoit plus dune seulle charge
Pacience fait alegier
Et le fait en est plus legier
Vraye pacience se fonde
Que loyer ou labour responde
Tu ne doys pas doubter la somme
Mais ioye qui te vient a somme
Apres forte perseuerance
Et prens o toy bonne esperance
Affin que le faiz ne te blesse
Qui sourt en plours ꝛ en tristesse
Il muera ioye a cent doubles
Par tes larmes ꝛ par tes troubles
Mieulx pour vne seule lerme
Auoir rys et ioye ꝛ sane terme
Quen risee tant demourer
Quil en conuiengne apres plourer
Cil nest pas digne dauoir aise
Qui ne scet que cest de mesaise
Et qui ne peut souffrir fortune
Merueilleuse est sa coustume
Qui ne peut souffrir chose amere
Ja doulceur ne luy sera mere
Souffrir doys en feu et en fer

Pour racheter lame denfer
Car tous les saintz ainsy desquirent
Qui bonne pacience eurent
Pour alegier ta lesion
Remembre de ceulx de syon
Quant en chestiuete allerent
En larmes et en plours semerent
Au retourner se conforterent
De gerbes quilz en rapporterent
Ceulx qui semerent en tristesse
Recueillerent a grant lyesse
Affin que par la forte lupte
Qua mariage est introduypte
Lomme se puyst iustifier
Et par preuue verifier
Ainsy com lor dedans la forge
Qui est recuyt quant on le forge
Jay les mariages tyssus
Et faiz sy com iay dit dessus
Pour le mieulx et ainsy lentens ie
Qui soyt digne de grant louenge
Sy iay mys homme auec la femme
Tu ne men doys donner le blasme
Selon le temps & les saisons
En diroit on plusieurs raisons
Qui en cest dictier sont teuz
Et ny sont pas ramenteuz
Cest estat le souffrant couronne
En la fin de noble couronne
Qui y peut auoir pacience
Sung saige monstroit sa science
Pour trop vile serot tenue
Sy la crioit par my la rue
Aussy qui tout exposeroit
Les tourmens chescun doubteroit
A soy lyer en mariage
Bon est quant le mire assouaige
Du pacient la maladie
Et de sa guerison luy dye
Du tout et bons enseignemens
Endoulcissent ses oingnemens
Aussy est il de moy mon filz
Comme bon mire ie confilz
Aux mariez mes medecines
Beau filz endure les espines
Du mariage et les pointures
Se pour le present te sont dures
Ne te laisses pas desconfire
Car qui plus aura de martyre
Plus noblement sera meris
Es sainctz cieulx aymez & cheris
Et pour plus playnement entendre
Je vueil a brief parler reprendre
Tes ditz & ton obicion
Pour y donner solucion
Tu es de grant entendement
Sy ten parleray grossement
Sy com len sceut entre amy faire
Je te metteray vng exemplaire
Qui coppe son doit et se blesse
Et seuffre douleur & destresse
Mais a la foys sy bien te membre
Comment il copper doit ou membre
Pour le mal qui se peut aherdre
Ou tout le corps se pourroit perdre
Mieulx vault mariage souyr
Que ame & corps ardoir & bruyr
Sy est bon de deux maulx eslire
Le meilleur et laisser le pire
La croix les cloux et la lance
Que ie souffry en grant balance
Me firent grant asperite
Mais toutesfoys en verite
Tout ce prouffita et valut
Car au monde donna salut
Et moyennant mon propre filz
A tous humains la paix reffiz
Ainsy est il du mariage
Car se par tourment et grant raige
Se monstre plus amer que fiel
En la fin est plus doulx que miel
Le mariage est bon et fin

Et sy content a bonne fin
Se tu as droit y estudies
Sy est bien raison que tu dies
Que citz estas est bon et sains
Et des sacremens primetains
Car par luy et par sa moleste
Acquiert on la ioye celeste
Ceste maniere dinstinction
Soit encontre ta question
Et oste lombre de la doubte
Sy bien pensez la raison toute
Se femme est male trouuee
Et pour son meffait reprouuee
Toutesuoys par son fol ouurage
Ne peut despecier mariage
Que par droit ne soit bon tenu
Et pour sainct doit estre tenu
Nul hom ne doit dire aultrement
Car iordonnay ce sacrement
Aussy sont sainctz les mariez
Car ilz sont tresurpas martiriez
Sy bueil que tout soit expresse
Que le bray ne soit oppresse
Et se tu metz exemple bain
Aussy comme bng peu de leuain
Corrompt de paste bne grant masse
Aussy bien malle femme casse
Mariage par boye oblicque
Quant elle est peruerse et inique
Des composans traict sa nature
Le compost qui rompt sa ioincture
Par quoy la faulte de la femme
Tout le mariage diffame
Et aussy pourroyes tu dire
Que bien pou daigre bin empire
De son bin bne playne tonne
Solucion sur ce te donne
La chose de son chief se fonde
Et conuient qua son chief responde
Et le mariage est le chief
Sy bueil respondre de rechief
A tous les pointz dont tu argues
Et souldre par raisons agues
Treschier pere il nest besoing
De plus arguer nay besoing
Car mes raisons sont mal formees
Et contre bous trop mal armees
De repeter ny a riens digne
Mais ie te requier pere tresdigne
Que sur deux pointz me faciez saige
Cest du cloistre et de mariage
Lequel doit estre plus mery
Et apres la mort plus chery

¶ Comment dieu icy conforta
Maistre mathien et raporta
Que pouures martirs mariez
Seront sauluez sans bariez.

Beau filz p moy pourras con/
Des mariez et de (gnoistre
ceulx du cloistre
lesqlz aurōt plus grāt merite
Les raisons ten seront descripte
Les mariez sont les greigneurs
Et sy seront plus grans seigneurs
Sieges auront plus precieulx
Que prestres ne religieulx
Car ilz ont trop plus a souffrir

Sy leur doy plus grans biens offrir
Mariez sy ont plus dessoynes
Et plus de meschief que les moynes
Sung moyne a ses heures na paye
Il ne seuffre pas trop grant playe
Ny na pas trop grant pestilence
En faisant de signe silence
Et ses ieunes aussy aguisent
Lestomac plus quilz ne nuysent
Mais quant ung hom est marie
Tous les iours est iniurie
Car sa douleur luy renouuelle
Sa femme contre luy reuelle
Par force conuient qui la serue
Pour elle soustenir sa verue
Pour chaussement et pour vesture
Pour ioyaulx et pour nourriture
Pour enfans et pour la nourrice
Certes il ny a nul sy riche
Qui tous ses fraiz peut payer
Mais on les scet bien abbayer
Com les chiens apres le sangler
Chascun pense de lestrangler
Sans cause est souuent assaillis
Et par sa femme mal baillis
Sa seigneurie veult auoir
Et sy veult les secretz scauoir
Plaire veult et payer premiere
Qui pys vault elle est coustumiere
Soit droit soit tort par son malice
Veult que son mary obeise
Ou ses cheueulx compareront
Sy que les traces y perront
Sil fault riens aux enfans petis
Souuent est appelle chetifs
Et oyt mainte parolle amere
Par la nourrice et par la mere
Qui de luy enuahy sont prestes
Comment innocent seuffre molestes
Certes il nest sy grief martyre
Qui tout en diroit tire a tire
Com des mariez quoy quon dye
Car en grant exil ont leur vie
De grans tourmens stimulee
Sy doit estre particulee
La pacience et la souffrance
Des mariez par toute france
Plus est crueuse leur bataille
Que de moynes ne de prestaille
Pource auront ilz plus de gloire
Des promesses de leur victoire
Car ie donne plus grans loyers
Aceulx qui sont bons souldoyers
Tant com plus le desseruiras
En plus hault degre ten yras
Sy com les confesseurs sont mys
Je te prometz beau doulx amys
Les mariez sont plus ydoynes
A seoir par dessus les moynes
Jay bonne raison qui me fonde
Car du commencement du monde
Par moy sont mariages faitz
A toutes charges a tous les faitz
Jay les mariages fondus
Mais les moynes nay pas tondus
Ne religion ne feiz oncques
Sy puys asses conclure doncques
Les mariez plus glorieux
De tant qui sont plus douloreux
En mariage a grant misere
Pas neusse ma doulce mere
Auec ioseph acompaignie
Mais ce fut doulce compaignie
Combien quil fust de grant eage
Se ie ne sceusse mariage
De plus noble condicion
Que ne soit la religion
Or en puys ouyr releuance
Compte bien et sy rauance
Et tu trouueras primerain
Mariage est souuerain
Des estatz sy ne vueil mesdire

Des femmes mais verite dire
Que la bonne et la vertueuse
Plus que nul or est precieuse
Et qui bonne la vouldra querre
Cest oyseau seme en terre
Sy com le saige le recite
Leur nature a mal les eyite
Saulcun en y a qui bien face
Ce luy vient despecial grace
Sy tost que femme fut formee
Elle fut contre moy armee
Tollir me voult ma region
Des cieulz par sa sedicion
¶ Comment dieu monstre a lacteur
Quil ne blasme point son pasteur
Il a les prelatz establis
Pour contregarder ses brebis.

Chier filz pour ton bien tamō/
Q tu facez a ma requeste(neste
Vers les prelatz obeissance
Entens et ayez congnoissance
A ceulx honnorer sans tarder
Ilz sont pour mes brebis garder
Je te dy les bons seulement
Se tu en as dit follement
Cy dessus ce quil ta pleu
Chascun est mis et esleu
Pour mon peuple en foy soustenir
Et gouverner et maintenir
Ilz sont du monde la lumiere
Qui donne clarte soubz fumiere
Ilz appaisent guerre et discorde
Et nourrissent paix et concorde
Se le pape et le bon college
En terre ne tenoyent siege
Lennemy par sa tricherie
Emmeneroit ma bergerie
Et mes brebis estrangleroit
Et hors du sens les chasseroit
Et les prelatz sont honnorez
Ilz sont chargiez et sont curez
Et portent des hommes la charge
Que prouffit viengne de leur charge
Et que lonneur soyt guerdonne
Par la charge est lonneur donne
Pource sont mys a honneur haulte
Mais quant on treuve a eulx faulte
Orgueil a grant foleur les mayne
Ilz sont pugnys de plus grief payne
Et de plus aspre et de plus dure
Que le peuple quilz ont en cure
Par maintesfoys est advenu
Qung mauluaiseest en hault venu
Mais tant plus monte en haultesse
Au descendre tant plus se blesse
De plus hault chiet plus roydement
Tresbuche et parfondement
Qui chiet de plus bas moins se griefue
Le plus hault a payne plus griefue
Aussy la payne des greigneurs
Est plus griefue que des mineurs
Vng euesque plus pecheroit
Que le simple clerc ne feroit
Labbe messfait plus que le moyne
Quant il peche il a plus payne
Et aussy vng roy ou vng conte

Sil meffait acquiert plus de honte
Et sy doit plus estre pugny
Que vng hom du peuple vny
Filz tu veulx scauoir la maniere
Se mamour est double ou entiere
Et cobien iay mys ou moins ou plus
Et sur la quantite conclus
Je respons a ta question
Mamour et dilection
Est sy grande et sy certayne
Que sens de creature humayne
Ne pourroit au nombre souffire
Ne cueur penser ne bouche dire
Chier filz iaym tant et tellement
Que ie monstray bien quellement
Quant ie souffry mort aspre et dure
Reprouches tourmens et laidure
Pour mes brebis de mort garder
Pource doit chascun regarder
Que iaym dune amour pardurable
Simple loyal ferme et estable
Nulle amour na a moy pareil
A chascun loffre et appareil
De mon gre quoy que chescun face
Cil qui mayme acquiert ma grace
Mais pecheur na de moy cure
Qui fait mal il fait chose obscure
Aussy com sy quiert tenebres
Il se noircist plus que les feures
Mes euures sy sont delictables
A ceulx qui mayment prouffitables
Mal het lumiere et chose clere
Sy que noir et obscure appere
Et est haiz et diffame
Droit est que cil soit ayme
Qui dons de lumiere dessert
Et qui par bonne amour me sert
Le iuste est cler et reluysant
Son fait est bon et desduisant
Mais le mauluais est obscurcy
Par pechie noir et endurcy
Qui bien fait il veut quon le voye
Vraye lumiere le conuoye
Et le tient en prosperite
Et veult iustice et equite
Et ie suys iuste et seray
Pource de mamour aymeray
Les iustes et leur sauluement
Ausquelz suys tenu seulement
Mais de ton dit bien me recorde
Qui pitie et misericorde
Me donnent mouuoir et induyre
Pour les pecheurs raconduyre
Et au propre lieu ramener
Quant pour eulx me laissay pener
Et en la croix les rachetay
Et de misere les gettay
Et bien affiert comment quil aille
Que ma redemption leur baille
Car cest fontayne de pitie
Et pource me fault par pitie
Auoir mercy des exillez
Qui par lennemy sont pillez
Je dy que ie tens mon giron
Pour receuoir tout enuiron
Tous ceulx qui veullent reparier
Au droit soult et a leur arier
Sen ay fait maintes attendues
Jay la bouche et les mains tendues
Pour les mettre en mon hommaige
Et pour escheuer leur dommaige
Je les aym tous sa eulx ne tient
Et leur fol cueur ne les retient
Par moy sont tousiours assenez
Mes filz dy ie venez venez
Tandis que temps auez et heure
Grant peril gist en la demeure
Sen leur mal se veullent tenir
Et nont cure de reuenir
A moy qui leur salut amoye
Cest leur coulpe non pas la moye
Ilz sont cause de leur ruyne

Et nont cure de medicine
Sy ne les doy amys clamer
Puys quilz ne me veullent amer
Et se tu te veulz entremettre
De monstrer par bouche ou par lettre
Que tout homme deuant ma face
Doyt estre sauluez quoy quil face
Garde querreur ne te decoyue
Droyt veult q̃ mauluais sappartcoyue
Que il soyt cause de sa perte
Veoyr en pues raison apperte
Jay donne rayson a couraige
A chascun pour franc arbitraige
Sy que il puist bien a mal faire
Combien quilz soyent en contraire
Car se lomme tel don eust
Que de soy pechier ne peust
Point de remuneration
Oultre sa confirmacion
Ne peust ne ne deust auoir
Sy doyt chascun homme sauoir
Que en bien a mal apuissance
Affin quil ayt la congnoissance
Quil accroysse par ses merites
Dont par les raisons icy dictes
Selon sa vie acquiert victoyre
Sa vie luy est meritoyre
Car puys que par moy fut fait hom
Gy mys franc arbitre a raison
Affin que quant il se desuoye
Que raison le remette a voye
Et que la char souef nourrie
Nayt sur lesperit seigneurie
Mais se la char est mal temptee
Que chose ne soyt attemptee
Dont homs doye doubter sentence
Homs erre qui meffait offence
Et hors de de mamour se desioinct
Combien que mon cueur sy se ioinct
A sauluer tous ceulx qui me seruent
Voyre selon ce qui desseruent

Chascun son faissel portera
Le plus charge plus poysera
Sainsy nestoit ie messeroye
Pour iniuste tenu seroye
Mais aux bons vient continuelle
Vie et ioye perpetuelle
Et aux mauluais mort tormentable
Dure horrible a espouuentable
Et combien que tous saulver vueille
Droit est que le mauluais se dueille
Car les mauluais tous condampnent
Par leurs pechiez a mort se dampnent
Car leur coulpe et leur deffault
Certes en moy point ne deffault
Car quant ie le voy decenz
Et que par pechie sont cheuz
Je mectz au releuer grant paine
Joyeux suys quant ie le ramaine
Point ne me plaist leur meschance
Mais sy iay vouloir ou puissance
De tous sauluer com debonnaire
Ne autmoins ne le doit ie pas faire
Pource que ie vse de iustice
Juste suys a sy hez tout vice
Et iustice requiert deux choses
Les textes dient a les gloses
Que ceulx suys a sauluer tenus
Qui par bien sont a moy venus
Et qui desseruent sauluement
Je ny suys tenu aultrement
Sy com tesmoingne lescripture
Des faitz dumaine creature
Par leur faitz mourront ou viuront
Car leurs euures les ensuyuront
Ainsy yront a sauluement
Tous ceulx qui du cueur loyaulment
Me seruiront et seront mys
Empres moy comme mes amys
Et ma grant debonnairete
Ma pitie et ma grant clarte
A tant pardonner sentremettent

Les debtes quictent et remettent
Plus quomme pechie ne pourroit
Toutesfoys qui pechie vouldroit
En espoir de remission
De plus griefve pugnicion
Seront tourmentez par despit
En prisons denfer sans respit
Aussy au vray considerer
Ne se doit nul desesperer
Sil est chargie ou entechiez
De plusieurs horribles pechiez
Mais quil sen vueille repentir
Je suys tousiours prest sans mentir
De relever et recevoir
Sa luy tient ie faiz mon devoir
Prest suys au besoing le secoure
Sil nest saulve en luy demoure
Non pas en moy en verite
Sy com dessus lay recite

¶ Responce.

¶ Icy endroit maistre mathieu
Fait une demande a dieu
Se y fault que lenfant compere
Le peche pour adam son pere

Or te pry ie trespuissant pere
Pour cesser toute la matiere
Desquestiōs qua toy faison
Dy pourquoy et p q̄l raison
Pour le pechie dadam pugnie
Est sa sequelle et sa lignie
Se il a meffait le meschief
Ne doit il porter le meschief
Non obstant quelconques ves
Droit pour luy est en ses argus
Qua lignee dadam nee
Nest pas pour son meffait dampnee
Car par droit et selon iustice
Cil qui la fait le malefice
Doit emporter toute la payne
Du delict par sa coulpe playne
Et souffrir doit la pugnicion
Cil qui a fait la lesion
Aussy cil qui riens na meffait
Ne doit pas pour aultruy meffait
Encourir payne ne sentence
Puys quon le treuve en ingromāce
Aultre pechie ne luy doit suyure
Comparer ne luy doit ne nuyre
Chascun doit soustenir sa charge
Selon la coulpe estroicte ou large
Se les peres vueillent mesprendre
Leur meffait ne doit pas descendre
Sur leurs filz ce dit lescripture
Sy semble estre contre droicture
Que la lignee soit dampnable
Du fait dont elle nest coulpable

Mon filz vecy solucion
Je te feray distinction
Sy com lescripture tesmoigne
Puys q̄l y a en la besoingne
Crime de lezemageste
Sy com en ce cas a este
Toute la lignee compere
Et se deult du meffait du pere
On le tient ainsy par coustume

Quen douleurs et en amertume
A tousiours en est reprouuee
La coulpe dadam est recouuree
De tel crime et de tel oultraige
Quil confisqua son heritage
Pour ses enfans desheriter
Sy ne y deussent suceder
Toute sa supte fut honnye
Par son pechie de gloutonnye
Bien doyuent douloir la morsure
Pourquoy iendurap la mort seure
En la croix eux playes ouuertes
Pour tant et pour aultres dessertes
Doit souffrir toute sa sequelle
Tourment payne et douleur mortelle
Sy ont besoing de medecine
Et ma grace leur est encline
Et fauorable a receuoir
Je suys vray mire a dire voir
Car ie scay et puys tout curer
Et suys tout prest de procurer
Leur salut sa eulx ne tenoit
Et mauluaistie ne les menoit
Pourquoy doncques a moy ne viennent
Les pecheurs et pourquoy se tiennent
En leur erreur par negligence
Quant de sante ont indigence
Sa moy ne veullent retourner
En enfer yront seiourner
Dedans la flambe sans estaindre
Leur mauluaistie leur ferap plaindre
Et pour en estre mieulx vengiez
Ilz seront de serpens mengiez
De vermines et de coleuures
Pour paynes de leurs males oeuures
A tousiours seront mal menez
Tourmentez et enchaynez
En tenebres a grant malaise
Par dedans vne ardant fournaise
Et les dyables regarderont
Les chetifz qui tous arderont

En punaisie et en ordure
Souffreront chaleur forte et dure
Fain et soif pardurablement
La crieront horriblement
Sans esperance de secours
Jamays nauront a moy recours
Mors seront de mort immortelle
Il fait bon escheuer mort telle

Dere respons a ma demande
Pourquoy est la payne p. l⁹ grã
q̃ nest la coulpe momen (de
Tu metz payne perpe (telle
Pour vng delict qui petit dure (tuelle
Dont la pugnicion est dure
Quant le droit prouue le contraire
Et dit quainsy ne se doit faire
Et sur telle raison se fonde
Qua la payne au meffait responde
Par droicte moderacion
Sans exceder pugnicion
Et quant aultrement le ferez
Pour iniuste tenu serez
Filz ie diz que le coulpable
Souffrera payne pardurable
Et sa dampnacion gist en ce
Qui na cure de penitence
Na la mort point ne se repent
Dont telle coulpe sen deppend
Que sans fin tourmente sera
Ne son plour point ne cessera
Las le mauluais a telle triche
Que suppose qui ne peiche
Ou qui neut de pechier puissance
Toutesuoyes perseuere en ce
Que son vouloir en riens ne cesse
Et ainsy le pechie le blesse
Et ne veult laissier les pechiez
Desquelz il demeure entachiez
Mais tousiours y veult demourer
Pource luy conuient sans fin plourer
Le mauluais ce dist lescripture

Qui de soy amender na cure
Ou ton preuaricateur ment
Doit souffrir eternel tourment
Il fait offense irreparable
Contre moy qui suys pardurable
Et ne conte en moy vng chardon
Pource naura il ia pardon
Sil nest de ses maulx repentans
Et de cueur contrict lamentans
Sy non et il ne veult entendre
Grant peril gist en trop attendre
On dit qui ne fait quant il peut
Il ne fait mye quant il veult
Ce dit puys ie bien tesmoingnier
Les pecheurs doyuent ressoingnier
Que pensent ilz quilz ne saduisent
Et que leur pechiez ne desprisent
Silz se repentent et confessent
Et des pechiez faire se cessent
Tandiz quilz en ont le loisir
Je nay en tiens sy grant plaisir
Je suys prest et appareillez
Que par moy soyent conseillez
Et leurs consciences releuer
Je nay voulente deulx greuer
Silz retournent vers moy arriere
Tousiours leur feray lye chiere
Par moy seront iustifiez
Et auec moy sainctifiez
Pourquoy ayment ilz mieulx a estre
En chaynes mys ou en cheuestre
Bien estroit lyez en enfer
Et souffrir les tourmens denfer
Dont iamais ne seront mieulx
Que regner auec moy es cieulx
Sans fin en ioye et en lyesse
On voit que par leur folye est ce
Jay par raison grant tesmoingnage
Quilz sont cause de leur dommaige
¶ Quant ioy dieu ainsy respondre
Auquel nul ne peut riens respondre
Je deis lors moult humblement
A voix bassette et simplement
Je me rendz pere pardurable
Car ta parolle est veritable
A toy me rendz tu as victoire
Sy te pry nayes plus memoire
De mes pechiez ne de mes faiz
Sire pardonne mes meffaiz
Mercy toy mercy te requier
A toy plus arguer ne quier
Roy des roys tes raisons sont vrayes
Des repentans cure les playes
Affin que vers toy tourner puissent
Et toutes choses te beneissent
Du pecheur ne veulx tu la mort
Mais quant a bien faire samort
Et voys sa conuersion
Tu luy donnes remission
Soulas et des maulx alegence
Ne tu nas cure de vengence
A nullny ton giron ne clos
Il nest sourd aueugle ne clops
Puys quil vueille ensuyr ta trace
Que de toy nait pardon et grace
A toy roy de pitie fontayne
Supply que de mort subitayne
Me deffens et me tien en ioye
Sy quen la fin ta clarte voye
Tu es ma sante et ma vie
Mais encores nest pas finie
De moroison toute la clause
Quant cil qui nul homme sans cause
Ne laisse sans reconforter
Me prist ainsy a enhorter.

On filz entens a ma raison
Nous yssirons de ceste maison
Et auecques moy ten viendras
Droit es cieulx le chemin tiendras
Affin que ta douleur alliege
Illec te monstreray le siege
Dont ie tay fait prouision

Incontinent en vision
Feuz tantost portez et rauis
Lassus es cieulx ce mest aduis
Que homs mortel ne peut souffire
A declairer naussy descripre
La haulte gloire souueraine
De doulceur et de ioye plaine
Comment est grant et delictable
A ceulx a qui est heritable
Et qui y auroyt leur demeure
Illec me fut monstre en leure
La clere et precieuse gemme
Benoyste sur trestoute femme
En qui dieu prist humanite
Sans violer virginite
Cest la fleur des fleurs : cest la rose
Ou la deite fut enclose
Dedans le ventre a la pucelle
Vraye foy dit que ce fut celle
Ou deux adioins sy se concordent
Qui par diuis sy se discordent
Dont forment sesbahist nature
Comment la vierge nette et pure
Peust estre vierge & mere ensemble
Rayson ne scet que luy en semble
Mais foy nous monstre par doctrine
Que tout fut par euure diuine
Car dieu tout puissant y ouura
Que nostre perte recouura
Quant il esleut sa vierge mere
Et enuoya par grant mistere
Sa parolle dedans son ventre
Et tout ainsy com la voix entre
En la maison a porte close
Sans mettre doubte en la glose
Aussy entra et fut faiz hom
Dieu en la virginal maison
Noble & digne par excellence
Et en yssy sans violence
Cest lestoille clere tresdigne
Qui les pecheurs enlumine
Et a port de saulut nous mayne
Elle est de toute vertu playne
Pour sa bonte descendit dieux
Comme debonnaire et pieux
Qui forme de serf daigna prendre
Pour ses amys de mort deffendre
Ceste dame resplendissant
Dont vraye lumiere est yssant
Emperetris des cieulx couronnee
Et des anges auironnee
Et darchanges par legions
Trosnes & dominacions
Princes vertus & potestez
Sont pour le seruice apprestez
Et cherubin & seraphin
Mettent tout leur penser a fin
Et demaynent ioye enteryne
En louant des cieulx la royne
Les patriarches les prophetes
Par grant soulas & par grant festes
Du cueur lung laultre admõnestoit
Et entreulx sainct iehan estoit
Qui dieu en iordain baptisa
Qui grans dons prerogatis a
Cil se desduisoit en lyesse
Combien que plus eust ieunesse
Par dessus eux estoit haussiez
Et honnourez et exaulciez
Il est tresgrant & honnourable
Et sy luy est moult fauourable
Au ventre le sainctifia
Appropria glorifia
Apres la vierge precieuse
Qui sur toute est glorieuse
A iehan a refuge court
Du vouloir de la haulte court
Dont leurs louenges alouer
On ne les pourroit trop louer
Et pource que derision
Ne sourde de ma vision
Et que male bouche ny morde

Je vous racompteray par ordre
Des sainctz chascune compaignie
Sy com lors me fut enseignie
Des sainctz qui la gloire entoyent
Plusieurs en y eut qui chantoyent
Alleluya dune voix clere
Louant dieu et sa doulce mere
En estat a en ordonnance
Chascune de bonne contenance
Les apostres sont premerains
Et sur quatre estatz souuerains
Car apres sont euangelistes
Figurez en draps et en listes
En la forme de quatre bestes
Diuerses de corps a de testes
Qui euangilles dicteront
Vray tesmoingnaige porteront
Dont sainct iehan et le greigneur
Cousin germain nostre seigneur
Qui en vouldroit versifier
Exposer ne metrifier
Et ses louenges exprimer
Il auroit assez a rimer
Car toute vertu et bonte
Des ieunesse auoit surmonte
Dieu qui laymoit luy fist donneur
Tant de vertu et tant donneur
Que de ihesu voulsist pourtraire
Il luy resembloit de viaire
Et de stature a de beaulte
Et moult auoit de loyaulte
Et dieu a ce disciple la
Les secretz des cieulx reuela
A garder luy bailla sa mere
Quant en croix souffrit mort amere
Et sainct pierre qui les clefz porte
Des sainctz cieulx et garde la porte
Comme seigneur et capitayne
Les apostres conduit a mayne
En soy de nobles vertus a
Et saulcunessoys abusa
Apres le cop se repentit
Noncques plus ne se desmentit
Mais trespiteusement ploura
Et en vraye foy demoura
Et safferma par telle guise
Que dieu fonda sur luy leglise
Fermement et sur bonne pierre
Noble baron a en sainct pierre
Auec luy sainct pol lacompaigne
Celle glorieuse compaigne
Du hault senat apostolique
Gouuerne la foy catholique
Les martirs de pres les ensuyuent
En ioye a en lyesse viuent
Sainct estienne plain de noblesse
Est le premier par sa prouesse
Moult fait a louer sa maniere
Car premier porta la baniere
Et pour la vraye foy deffendre
Ne redoubta pas la mort prendre
Et sainct laurens par ses merites
Bien sont prouuees et escriptes
Qui porta armes relaysans
Sur les charbons de feu luysans
Fut trespuissant de seigneurie
Darmes a de cheualerie
Sainct vicent le bon compaignon
Ne fut pas sur le champ pion
Mais cheualier ferme et estable
Des martirs est le connestable
Qui sont en gloire couronnez
Et par leurs biens faiz guerdonnez
Par laquelle vie honnouree
Est en la legende doree
Sy com ilz furent martirez
Auecques eulx sont les mariez
Adioinctz et mys en leur conforte
Comme dune semblable sorte
Apres et par dessus lestaige

Des martirs et de mariage
Sont les confesseurs honnourables
Usans de ioyes pardurables
La sont euesques et chanoynes
Prelatz abbez prieurs et moynes
Et les vierges sont au derriere
Qui vont chantant a lye chiere
Louans la vierge souuerayne
De plus doulce voix que serayne

¶ Comment matheolus par dictz
Nous a a tous certifiez
Que les hommes en paradis
Seront lassus glorifiez
Lesquelz ont este mariez
Selon le terme de mon songe
Ne scay se vous vous y fiez
Car songe cest vne mensonge

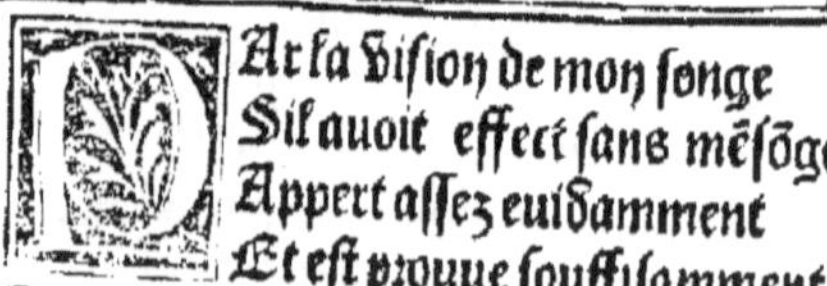
Or la vision de mon songe
Sil auoit effect sans mēsōge
Appert assez euidamment
Et est prouue souffisamment
Que les paciens mariez
Sont assis et appariez
Auec les martirs honnorez
Lassus es haulx sieges dorez
Ou ilz ont ioye sans mesure
En la ioye qui sans fin dure
Plus sainctz ⁊ de plus grās merites
Queuesques moynes ne hermites
Ne que chanoynes qui sont pres
Dacheter et vignes et pres
Tiennent rentes ⁊ benefices
Sans faire a dieu nulz seruice
Sy vient a donner vne cure
La chamberie na la cure
Les poures qui sont a matines
Silz dient mot on les matines
Plustost pourueuz sont les flateurs
Les ruffiens que les seruiteurs
Qui seruent dieu ⁊ iour et nuyt
Pourquoy la facon trop mennuyt
Et pource nous gens mariez
Sommes a dieu appariez
Car les mariez ont plus paynes
En vng iour quen huyt sepmaynes
Ne seuffre tant religieux
Mariage est litigieux
Et penible sur tout martire
Pource les mariez a voir dire
Ont pour leur grant affliction
Plus ample retribucion
Dieu voult aux hommes publier
Le croistre ⁊ le multiplier
En reprouuant sterilite
Car bien affiert en verite
Joindre masle auec femelle
Pour faire lignee nouuelle
Pour chasteaux ⁊ citez templir
Pour le plaisir dieu acomplir
Qui me feroit celle vnion
Point ne seroit religion
De sainct pierre ne souuiendroit
Sy doit cesser en cest endroit

La clergie qui ny contredie
Car qui a droit y estudie
Mariage fut fait iadis
Pour les sieges de paradis
Restably et recompenser
Que lucifer par mal penser
Auoit fait guerpir et vuyder
Par orgueil et fol cuyder
Dont luy et toute sa sequelle
Sont pugnys de payne eternelle
Selon le peche le meffait
Car il vouloit estre parfait
Et monter en aussy beau lieu
Comme la maieste de dieu
Le premier peche commenca
Quant lucifbel sy sauanca
Qui fust le premier enuieux
Et aussy roy des orgueilleux
Car sa beaulte resplendissoit
Et en tresgrant clarte yssoit
Sy beau estoit sy decore
Que sur tous il sembloit dore
Pourquoy il alla propser
Auec plusieurs a dispser
De monter dont il descendit
Car en enfer tost il fondit
Ou il est en calamite
Dampne a perpetuite
En paradis fut ordonnee
Du mariage lassemblee
Dieu fist sa mere marier
Auec ioseph apparier
Pour esprouuer les espousailles
Les moynes tondus aux cizailles
Ne les conuers ne fist il mye
Ne les rendus en labbaye
Dont nostre estat est plus notable
Que le leur a plus honnorable
Qui considere la racine
Et lestat de la droicte ligne
Mariez precedent les vierges
Quon sert de lampes et de sierges
Combien que les vierges es temples
Ayent honneur par bons exemples
Nautrement en virginite
Na point de psterite
Plus donneur gist es mariages
Quāt les enfans sont bons a saiges
Et se gouuernent en prouesse
Les peres en ont grāt lyesse
Mais assez plus sesioyront
Quant leurs enfans es cieulx iront
Par delez leur pere seoir
Sauec eulx le peuent veoir
Couronner ne entrebaisier
Adonc ne pourroit nul priser
Les grans ioyes qui doubleront
Quant en gloire sassembleront
Dont aulcuns sur ce concluront
Que mieulx vault a mieulx aymeront
Le mariage dabrahan
Que la virginite sainct iehan
Car coulpe de charnalite
Comme il semble en verite
Lomme chaste point ne despouylle
De sa vertu pour qui se vueille
Maintenir bien plus dignement
Sans faire fol atouchement
Cela ne lempesche ne trouble
Mais demeure sa vertu double
Le droit canon dit au contraire
Que sans mariage contraire
Virginite paradis emple
Et mariage par exemple
Remplist la terre seullement
Je ly pour soubdre tellement
Que mariage en equite
Doit preceder virginite
Car raison mon propos conforte
Quant le mary a droit se porte

Qui en troys le pourroit partir
Il est confesseur et martir
Et chaste auec sa moulier
Puys qui se garde de souyllier
Se lestat de virginite
Remplist les cieulx par dignite
Encor fait plus le mariage
Les cieulx remplist en haulte estage
Et cy dessoubz remplist la terre
Ou il seuffre tourment et guerre
Se les peres a leurs lignye
Neussent charnelle compaignye
Et fait mariage iadis
Tout seul demourast paradis
Car qui tel fait point ne feroit
Ne vierge nautre ne seroit
Vuyt seroit le ciel et le monde
Jusques en labisme parfonde
Le mariage est necessaire
Combien quassez y ait de haire
Doncques lestat communial
Doit estr par espicial
Plus louez que virginite
Mais se iay icy recite
Aulcune matiere hors voye
Cest tristesse qui me desuoye
Cy scay ie bien selon droicture
Que de deux bons biens fait ioincture
De bonnes meurs croist lassemblee
Vertu est par vertu doublee
Double bien amende lestoffe
Ce tesmogine le philozophe
Et droit canon fait tesmonaignage
De chastete en mariaige
Donc se lespoux parfaictement
Se veult mentenir chastement
Je croy qui sera couronne
Et tresgrandement honnoure
Pour son martyre tourmentable
Et pour chastete honnorable
Pour moy nen sera plus tancie
Mais diray ce quay commancie

¶ Comment es cieulx tous les bigames
Vindrent a moy en paradis
Dire tu es vaillant aux armes
Point ny fault de deprofondis
Tu seras auec les martys
Auec nous aultres en ce lieu
Pour payne tu auras gratys
Apres ta fin au pres de dieu.

De la celeste region
Vint vers moy vne legion
De mariez et de bigames
Dont en padis sont les ames
Qui de leurs sieges se leuerent
Et doulcement me saluerent
Tous disoyent grans et menus
Amys bien soyes vous venus
Venez ca a nostre carolle
Illec auoit mainte violle
Maintes trompes et maintes harpes
Daulcuns portoyent en escharpes

Joyeusement se maintenoyent
Lung lautre par les mains tenoyent
Leur lyesse estoit manifeste
Qui vouldroit descripre leur feste
On le tiendroit a grant merueille
Car oncques ne vy la pareille
Quãt les harpes des doiz toucherent
Ceulx de la dance flechisserent
Par maniere de riberie
En escoutant la melodie
Saisirent leur tresche et leur dance
Par tresioyeuse contenance
Et par deuant & par derriere
Moult estoit plaisant leur maniere
Entreulx chantoyent par musique
Dune doulce voix engelique
Et louenges a dieu donnoyent
Apres les instrumens sonnoyent
Pour reioyr les compaignies
Psalterions et simphonies
Trompes trompeaux freteaux & muses
Et instrumens de plusieurs guises
Harpes musettes dalemaigne
Luz et flustes de bretaigne
Guysternes reberbes & rotes
Et tout ce que nous peusmes notes
Par doulx son et par attrempance
Faisoyent illec concordance
Ainsy tout ensemble dancerent
Mais a tant pas ne cesserent
Ains chantoyent au despartir
Vecy vecy le vray martir
Il a souffert payne sans nombre
En son mariage soubz vmbre
De la riotte de sa femme
Soncques martir deust sauluer ame
Cestuy doit bien o nous seoir
Grant ioye auons de le veoir
Puys chantoyent allelupa
Et dieu qui point ne moblia
Dist mon filz tu soyes bien venu
Certes son fait ma bien pleu
Il a fait plus forte luicte
Qui soit en martire introduicte
Sy doit bien voz chansons ouyr
Pour luy vous deuez reioyr.

¶ Matheolus

Lors me mõstra dieu le beau siege
Et dit mõ filz vecy ton siege
Et vueil q̃ apres cy ta place
Bien est droit quainsy le te face
Tu as souffert mainte reprouche
Par ta femme la malle bouche
Le siege estoit bien atourne
De riches pourpres atourne
Nobles et artificieuses
Resplendissans & precieuses
La chayere dorfauerie
Nest de cristal ne de voirie
Mais faicte estoit par grant mistere
De sy hault pris et sy tresclere
Quon ne pourroit descripre leuure
Les oreilliers dont on la queuure
Estoyent de telle richesse
Plains de plaisance et de noblesse
Et doulceur de souef flairier
Que hom ne pourroit declarier
Mon songe me fut congnoissant
Que la salle noble et puissant
Estoit fondee par maistrise
Sur haultes colombes assise
Paincte de choses glorieuses
Dor et de pierres precieuses
Araigne ny osoit fil tendre
Et sy ny a pouldre ne cendre
Il ny fault mestier de balays
Oncques ne fut sy beau palays

Le lambrins par dessus ioly
Dyuoire luysant et poly
Estoit de roses estellees
Et de fin or attintellees
Plus que nulle estoille luysant
A veoir estoit moult desduysant
Car parmy chascune charriere
Du ciel replendissoit lumiere
Qui tout le lieu enluminoit
Ou nostre sire dominoit
Prin temps est en toute saison
En la glorieuse maison
Plus souef et plus attrempee
Quoncques en vergier ny en pree
Ne fut :et est plus delectable
La est la ioye pardurable
Qui toustours croist ꝛ point ne fine
La est droicte paix sans hayne
Et repos ou nul ne labeure
Lumiere rayant a toute heure
Vray souleil sans esconsement
Pour seur sans empeschement
De tout tourment asseure
O quant doulx et bieneure
Est ce beau lieu delieux
Comme il est sainct et precieux
Humaine cogitacion
Ne peut faire description
De pyment y sourt la fontayne
De cleres vndes pure ꝛ sayne
Pour recreacion ioyeuse
Plus que miel est sauoureuse
Sur toutes eaues est plus fine
Et sur toutes aultres plus digne
Et quant largentee grauelle
Au fons des vndes se reuelle
Sy melodieusement sonne
Quaulx escoutans grant soulas donne
Plus que balme naultres espices
Rend odeur plaine de delices

Tout paradis souef en flaire
Odeur nest qui puisse tant plaire
Et le ruyssel qui en dediue
Respond a la fontayne viue
Bien pres croist lerbe et la verdure
Sans blemur en temps dyuer dure
La croissent pyns loriers et balmes
Fenoilz mariolaynes et palmes
Et aultres plantes autentiques
Et herbes bien aromatiques
Qui de leurs fueilles se couuroyent
Et de leurs fleurs se miroyent
Le champ est pare de florettes
De roses et de violettes
De primerolles ꝛ de lys
Le lieu est tout plain de delys
Des oyseaux y a grant foison
Qui par tresurayе occasion
A bien chanter mettent leur cure
Chascun deulx selon sa nature
De leurs voix clere ꝛ non pas casse
Le roussignollet tout les passe
Les grans desduitz les grās noblesses
Et les doulceurs et les lyesses
Du siege ne pourroit on dire
Et pource ne pourroit souffire
A vne part du siege noble
Painct dor dasur et de sinoble
Regarday vne vesteure
Riche ꝛ par grant engoyseure
De neuf estoit assez plus blāche
Il ny failloit ne pan ne manche
Et sy estoit bien gironnee
Et par droit compas patronnee
De saphirs desmeraudes fines
Et daultres richesses pierrines
Plus que souleil resplendissoit
La grant clarte qui en yssoit
Les couronnes furent assises
De grans prys de nobles diuises

Par dessus les vestures telles
Que on ne pourroit veoir plus belles
Et quant ieuz bien advise
Sy com dessus ay devise
Et plus assez sans point de fable
Lassus au doux lieu delictable
Dieu me dist bien avant amys
Vecy ce que ie tay promys
Puys que tu tes a moy donne
Vestu seras et couronne
Pour tes paynes te feray don
De ce gracieux guerdon
Apres a genoulx de rechief
Humblement ⁊ enclin le chief
Et confortant maffliction
Luy deis par grant contriction
Souverain pere pardurable
Dieu puissant et invariable
Vivant en seule poteste
Forme de vraye honnestete
Voye de droit port de navie
Doulce fontayne port de vie
Mesure souleil de iustice
Mageste qui nappetice
Tu peuz ⁊ tu es congnoissans
De toy vient pouoir aux puissans
Tout gouvernes et tout maintiens
Et tous sans nombre en ta main tiens
Tu faiz este tu faiz yver
Et le mourant faiz aviver
Et disposer tresdoulcement
Sans fin et sans commencement
Ung tout seul dieu en unite
A toy benoiste trinite
Ou iay mys toute mesperance
Ma ferme foy ⁊ ma creance
Soit louenge honneur ⁊ gloire
A ta dominacion et victoire
Tu aymes les biens et addresses
Tu donne ioyes ⁊ lyesses
Tu aymes paix tu hez discorde
Pere plain de misericorde
Tu es vray en toutes parolles
Qui sont vrayes en tes parabolles
Sont doulces et emmyellees
Combien que mes raisons meslees
Et mes pensees merveilleuses
Contredisans ⁊ orgueilleuses
Ne les faichent pas concevoir
Je men puys bien appercevoir
Bien voy qui te plait moy aymer
Quant tu me daignes filz clamer
Jacoyt ce que ne soye digne
Assez me monstre par maint signe
Que tu ne me veulx pas grever
Favorable es au relever
Louer te doys et rendre graces
En tous lieux et en toutes places
Car tu mas donne au voir dire
Congnoissance de mon martire
Et mas enseignie par raison
Comment viendray en ta maison
Je te recongnois a bas ton
Car par ta verge et baston
Suys chastie et conforte
Et a bien servir enhorte
Je confesse quil est escript
Que tous ceulx qui ayment crist
Jusques a la fin les espreuves
Tant que vrays repentans les treuves
Et tout par toy vray medecines
Pourquoy les purges et affines
Ainsy com purge le froment
Ilz sont quictes daultre tourment
Par iob ⁊ par sa pacience
Le monstras par experience
Par ce quau premier les grevas
Et en la fin les relevas
Sire que te pourray ie offrir
Vray dieu qui voulz pour no⁹ souffrir

En la croix mort aspre et dure
Que diray ie ta creature
Ton tresdoulx nom appelleray
Et ta gloire reueleray
Et sy prandray tost le calice
De salut sans penser malice
Car ie vueil apres toy fuyr
Pour vie auoir et toy suyr
Point ne me sera chose amere
De mourrir quant ie considere
Les biens de la celeste vie
Mieulx en souffreray sans enuie
Et mueray mort momentaine
Pour vostre durable et certaine
Espoir ma grant douleur allege
Et bien requiert cest ioly siege
Car ie endure trop forment
De mariage le tourment
Je prens grant ioye et plaisance
De ce que me tiens en souffrance
Merites me seront rendues
Mes prieres te sont vendues
Toutesfuoyes doulx dieu debonnaire
Je te pry quil te vueille plaire
Que cest calice oultre moy passe
Jayme trop mieulx que ie trespasse
Sy que de mort soye deliure
Ma vie mennuyt de tant viure
Toute douleur sur quoy sapplique
Je suys de marrisson publicque
Et doubte que trauail me blesse
Par mal souffrir et par foiblesse
Car au monde na point deur
Je voy quil ny a riens seur
On ne doit point le monde aymer
Car on y treuue trop damer
Il ya famine et froidure
Chalenr pestillence et ordure
De pechie dorgueil et doultraige
Qui les serfz tournent en seruaige
Vertu y est subiecte a vice
Science est morte par malice
Dont de remede te requier
Cest calice passer ne quier
Car ie tresforment considere
Lestat du monde et la misere
Aux vers la peau laissier vouldroye
Et voluntairement mourroye
Cest toute payne au dire voir
Il a pechie au concepuoir
Payne au mourir et payne au naistre
Labourer fault pour soy repaistre
Las ie suys las et suys enferme
Et yssu hors du ventre a terme
Mais toute ma fragillite
Au monde plain diniquite
Et puys vng sac plain de fiens
Com plus suys plain et plus suys gens
Sy voy que toute nourriture
Tourne a fin de purriture
Je vins et iray en plourant
Et tant que seray demourant
Viueray en douleur et en payne
Et scay que cest chose certayne
Que par mort reuiendray en cendre
Dieu quel bien te pourray ie rendre
Sans toy ne puys auoir merite
La brebis noblement saquicte
Quant troys biens a son seigneur dōne
Le laict la layne et fruict luy donne
Et ie nay riens pour toy donner
Qui te voulsis habandonner
A acquiter nostre ranson
Et souffrir mort a grant tanson

¶ Matheolus.

Ors dist dieu filz tu as souf-fert
A grant martire tes offert
Sy com iay dit premieremēt
chier filz or saichez fermemēt
Que ie tay cest siege aprește

Pource que souffrans as este
Retiens en toy bonne esperance
Et te reffrains de la substance
Iay les souffrans tousiours aymez
Et de moy sont amys clamez
A tant cessa plus nen ouy
Moy laissa sy sesuanouy
Au reueiller fut ma douleur
Tout esbahy muay couleur
Car lors auoye mal cheuy
Quant empres moy nulluy ne vy
Fors ma femme male et peruerse
Qui delez moy gisoit enuerse
Tout incontinent me toucha
Ma chair a trembler commenca
Sy tost que ieuz la voix ouye
Qui disoit bien est employe
La misere que vous auez
Fors que dormir riens ne scauez
Je ne deis mot parler nosay
Et oncques puys ne reposay
Les cheueulx me fist hericier
De paour car par sainct richier
Plus asseur seroit ly homs
Auecques serpens & lyons
Quauecques femme rioteuse
Et la mynenne est trop perilleuse
Par espreuue le doys congnoistre
Tout ainsy com len fait a croistre
Le feu quant on y met des boises
Par parolles sourdent les noyses
Et les batailles sen ensuyuent
Dont ceulx sont folz qui trop estriuent
Souuent empire son affaire
Homs qui ne peut souffrir ne taire
Quant homs se tait a femme tance
Et espand sa male semance
Et ne treuue qui luy responde
Plus doulente na en ce monde
Plus sen deult la male creuee
Et est plus aigrement greuee
Et iacoyt ce que cathon tiengne
Quen songe nul effect nauiengne
Tous les songes en verite
Ne sont pas plains de vanite
Andromata la dame saige
Songea la mort & le dommaige
De son mary hector de troyes
Comment fortune en seroit proyes
Se lendemain dehors yssoit
Cil qui pour ce fait nourrissoit
Ayma honneur & craingnit honte
Pource du songe ne fist compte
Ains yssit a la destinee
Ce iour sa vie fut finee
Joseph noble songe songea
Dont sa seigneurie alongea
Car il fut maistre sur les freres
Et les getta de leurs miseres
Les songes pharaon glosa
Et saigement les exposa
Et daniel au roy de perse
Descript la statue diuerse
De plusieurs methaux composee
Par macrobe fut exposee
Et descripte la vision
Qui transmist au roy cipion
Dexemples en diroye assez
Tant que ien seroye lassez
Sy nay en mon songe fiance
Quil ait bonne signifiance
Dont bien pou ma douleur rapaye
Mais que mesperance soit vraye
Quen paradis iapeux men voise
Apres mon tourment & ma noise
Sy ne loseroye affermer
Ne tous mes songes confermer
Car bien scay que tant que ie viue
Mes douleurs nauront fons ne riue
Et quoy que ie dye ou face
Je suys comme vne chiche face
Maigre par dessoubz ma pancelle

Et en allant souuent chancelle
Pour les maulx qui me fault souffrir
Dont finablement sans mentir
Jaymeroye mieulx en seruaige
Demourer hors de mariage
Et en tresgrant payne seruir
Pour les dons diuins desseruir
Et endurer a quatre doubles
Ailleurs plꝰ grans paynes ⁊ troubles
Quen ceste vie langoreuse
Trop durant et trop douloreuse
Car ie ne scay luyte sy griefue
Sy tresforte ne qui tant griefue
Ne ie ne scay com bonnement
La puysse souffrir longuement
Las ie me sens tout desconfire
Je meurs ie meurs a grant martyre

¶ Liber quartus.

Qui douloreuse naura oncques congneus
Viengne moy veoir comme despourueus
Et veult son cueur prouuer estre piteux
De recōfort ⁊ de paix desireux (tristour
Mon chant en plour mes beaux ditz en)
En fiens ma fleur tournera sans retour
Par ma foleur est ma vie en doulour
Et sans seiour en tenebres mon iour
Se dieu nest confort ⁊ courage
A ceulx qui sont en mariage
Et de luy ne sont esbaudit
Sy comme ceste vision dit
Je lay pry qui me soit propice
En obstant rigueur de iustice
Il scet comment ma femme estriue
Ma douleur chascun iour rauiue
Je suys poinct sy tresaigremant
Du serpent que nul oingnement
Ne men peut faire guerison
Je vous dy bien se la mort non
Las ie nen puys mais sil menuoye
Je doubte que ma femme noye
Ma complainte que ie recite
Se ceste euure luy estoit dicte
Au visaige me cracheroit
Et les deux yeulx me rascheroit
Pource vueil monstrer cest volume
Tant crains que sa fureur malume

Quāt plꝰ est briefue lescripture
Plus est plaisant a creature
Au concepuoir ⁊ a la prendre
Et tant la peut on mieulx entendre
Sy com le saige le tesmoingne
Pource vueil ie ceste besoingne
A brief mot faire mon rapport
Car temps est de venir a port
Mais aincoys que ma nef arreste
Qui est lasse a ancrer preste
Feray briefue narracion
De la recommandacion
Que mathieu fist a ses seigneurs
Et premierement aux greigneurs
Sy com ie truys en la matiere
Qui tant me semble belle ⁊ clere
Quon ny scauroit riens amender
Premier se veult recommander
A leuesque de therouenne
Ne scay sil y a .x. ou .n:
Ne par quelz lettres fut nomme
Mais il estoit bien renomme
De courtoisie et de largesse
De sens donnent ⁊ de noblesse
Point ne fut orgueileux ne rude
Moult estoit loue en lestude
Dorleans pour sa bonne doctrine
Par bonnes meurs par discipline
Aux compaignons estoit entiers
Et leur repetoit voulentiers
Les loix que fit barbarieus
Et celles de pomperius
Puys repetoit de iulien
Et apres de pompinien

Le droit nouuel leur exposoit
Ses cas saigement proposoit
Sa lecture estoit delictable
Et aux escolliers proufitable
Et en mathieu moult se fya
Et pource luy signifia
Ses douleurs et son infortune
En disant que dessoubz la lune
Ne viuoit nul plus doulant homme
Ne qui endurast sy grant somme
Com maistre mathieu faisoit
Du surplus pas ne se taisoit
Maintz ditz en puroye amasser
Dont pour briefte me fault passer
Apres escriptz bien ententie
Aux archydyacres gentilz
De leglise dont ie recite
De therouenne dessusdicte
Et a larchydyacre de flandres
Dont on tenoit sy grant esclandres
Porta honneur et reuernce
En luy monstrant sa pestilence
A larchidyacre de bouloingne
Certifia de sa besoingne
Et luy enuoya sa complaincte
De tristesse et de douleur attaincte
Celluy de brebant moult loua
En luy honnourer alloua
Des beaux vers et de beau langaige
En soy plaignant de mariage
Quen ses ditz excommunya
Car point de remede nya
Ne pour herbes ne pour emplastres
Au doyen et aux decolastres
De leglise dessus nommee
Donna loz et grant renommee
Et ne se cessoit de complaindre
De son mariage sans faindre
Aussy escript au preuost daire
Cest dont il ne se peut taire
Ledit preuost moult honnoura

Et en recommandant ploura
Ung nomme guillaume de liques
Vaillant entre les catholiques
A labe du boys honnourable
Se monstra assez fauourable
De ses vertus magnifier
Len voult il bien signifier
Les pointz sur quoy il labouroit
Et comment nuyt et iour plouroit
En apres par especial
Du reuerend official
De therouenne publia
Les biens et riens ny oublia
Sy ce ne fut par ignorance
Saige en lettre par excellence
Le nomma en sa rethorique
Ordonnes de grammatique
Et dit quil fut grammarien
Et batailleur logicien
Pour le vray du faux dicerner
Pour argument bien gouuerner
Nauoit pareil iusques a naples
Fors que maistre iacques destaples
Il fait tulles par eloquence
Pictagoras en la science
De nombre ny sceust que dire
On ne le sceust desconfire
A declairer par escripture
De toutes choses la nature
Car bien sy scauoit appliquer
Et par nombre pronostiquer
Plusieurs des choses aduenir
Cloison ne le peust tenir
Sil voulsist porte deffermer
Mais ie ne scauoye affermer
Par quel vertu ce pourroit estre
Sans louctroy du souuerain maistre
Il scauoit phizonomye
De iugier par astronomye
De tous les corps du ciel le cours
Et le croissant et le decours

Des planettes et de la lune
Bien congnoissant ⁊ lautre ⁊ lune
Et des estoilles relupsans
Selles sont bonnes et nuysans
Et les iugeoit par ses pratiques
Du fichees ou erratiques
Le secret sceust dastronomye
Et de toute philozophie
Il estoit bon musicien
Et aussy geometrien
Pour mer et terre mesurer
Sil y voulsist a droit ouurer
Jehan de laigny auoit nom
Le droit ciuil ⁊ le canon
Scauoit sans en trespasser clause
Maistre mathieu auoit bien cause
De le louer par ses merites
Toutes ne sont pas cy escriptes
Au bon et saige sans moyen
Arnoul de beauuoisis doyen
De sainct fremin en moustereul
Nescript pas sans degouter lueil
Mais en plourant main a mayelle
Luy signifia sa querelle
Et de france bergne nicaise
Requist humblement qui luy plaise
Scauoir de ses maulx la racine
Du il na point de medecine
Apres declara sa misere
A vng abbe reuerend pere
Du moustier du mont sainct iehan
Ses griefz paynce et son ahan
Dont il viuoit honteusement
Luy escript moult piteusement
Au derrenier a maistre iacque
Destaple expposa des iacque
Premier eust de luy congnoissance
Laymoit il des le temps denfance
Luy fist scauoir ses douleurs
Et ses plains parez de tristeurs
Bien aournez de rethorique
Et le descript bien auctentique
Donneur de meurs ⁊ de science
Dont il auoit experience
Autant ou plus en descripsoit
Com de lofficial disoit
Des biens de vertu de largesse
Et de vaillance et de noblesse
De beaux motz et de nobles tiltres
Fist maistre mathieu ses epistres
A chascun en enuoya vne
En soy complaignant de fortune
Moult scauoit bien versifier
Et ses douleurs signifier
En ses recommandacions
Fist plusieurs lamentacions
Et moy qui suys de raison nez
Piteusement araisonnez
Et suys appelle iehan le feure
Ne pourroye ie la matiere
Racompter ne la meschance
Les ennuys ⁊ la desplaisance
Dont il se complaignoit sans cesser
Je ne le scauroye expresser
Car en plourant moult desprisoit
Le monde ⁊ maintesfoys disoit
Or appercoy ie ma foleur
Las quant finera ma douleur
Trop me desplaist toute saison
Prin temps floury selon raison
Este meure par souffisance
En automne par habondance
Des biens dont sesioist et ieue
Yuer despent tout ⁊ alleue
A grant ioye et a grant lyesse
Tout ce la me desplaist et quest ce
Las chetif et malleureux
Triste pensif et douloreux
Pourquoy suys ie venu au monde
Qui soupille tout et riens ne munde
Certes le monde nest quune trompe
Riens ny vault richesse ne pompe

Tous y seuffrent douleur et payne
De la condicion humayne
Sy est merueille comment lomme
Se soubmet a porter somme
Ne de vacquer et acquerir
Chose que y conuient querir
Qui en balance pp y seroit
Tout ce que len y trouueroit
Il despriseroit les richesses
Et les honneurs ꝛ les haultesses
Et hanaps dargent et de madre
Pour le riche homme et pour le ladre
Peut on auoir vray exemplaire
Que richesses donnent pour plaire
Mais les doit on doubter forment
Pource quon y acquiert tourmen
Sy com dit la saincte escripture
Cil est serf qui y met sa cure
Car a grant payne sont acquises
Et quant en vng tresor sont mises
Il a tresgrant paour au garder
Et peril au droit regarder
Et la fin en est douloreuse
Desplaisant et mal heureuse
Car au morir sen conuient plaindre
Plourer gemir et dens estraindre
Nature saige point ne prise
Les richesses mais les desprise
Lung na plus que lautre acceptable
Car souffreteux et miserable
Fait naistre et cumuler le roy
A chascun donne ceste loy
Par les cours du ciel gouuernees
Sur toutes creatures nees
Soyent crueuses ou benignes
Par les planettes par les signes
Par le souleil et par la lune
Car a chascun et a chascune
Donnent leurs choses egalment
Dont conuient il principalment
Que estre doiuent ius en terre
Mais auarice y fait guerre
Qui y a dominacion
Et partist par ambicion
A lung plus et a lautre moins
Sy est grãt dommaige aux humains
Quant pour la chose transitoire
Oublient dieu le roy de gloire
Et le laissent pour les richesses
Qui en fin ne sont que flamesches
Les corps sont aux vers nourriture
Tout reuertist a pourriture
Sy me merueil que cuydent faire
Ceulx qui sont pour nostre exemplaire
Mys ꝛ posez a honneur haulte
On voit en eulx plus grant deffaulte
Quen nous et sont plus a reprendre
Les pastoures ne veullent entendre
Ains font garder que dieu leur baille
Il ne leur chault comment il aille
Trop bien se sceuent efforcier
Des brebis tondre et escorchier
Par mon tesmoing vng tel pastour
Vault pys que loup ne que gastour
Leuesque sy rauist et pille
Ne laisse riens a la cheuille
Et apres les officiaulx
Et les ministres curiaulx
Prennent quanques ilz peuuent auoir
Tous y appliquent leur scauoir
Proprement est dit nom de prestre
En actif pour les aultres paistre
Mais ilz sont peuz paciamment
Chascun peust veoir sy ie ment
Leurs conuersacions sont vaynes
Et sen vont en places loingtaines
Chascun laisse son soult sans garde
Et sen vont qui bien y prent garde
Auec les roys pompeusement
Pour viure plus ioyeusement
Les besoingnes royaulx procurent
Les playes du peuple ne curent

Ne pour leur prou point ne se hastent
Les biens du crucifix degastent
Ilz sont larrons appertement
Soultre leurs viures et vestement
Nulz des biens aux poures detiennēt
Quāt les poures gens nen soustiennent
Et leur doyuent distribuer
On ne les pourroit trop huer
Larrons sont puys quilz les responnent
Et aux pouures dieu riens ne dōnent
Par symonie et soubz ses helles
Vendent choses espirituelles
Nest pas raison quon la despende
Car pour tout neant la prebende
Doit estre donnee au preudomme
Le contraire est en court de romme
Aux mauluais est pour pris vendue
Fraude y est par tout entendue
En livrant la prebende a fraude
On la vend comme vne ribaude
Par pris et par somme indigne
Tel contract donne mauluais signe
Symon vit: et mort est sainct pierre
On ne fonde riens sur sa pierre
Pource doit bien plourer leglise
Quant en subiection est mise
Et en truaige soubz symon
De son char porte le tymon
Merueilles est des religieux
Plus q̄ nous sont delicieux
Plus despendēt telz damoysi
En cheuaulx ē chiēs (seaux
En folles fēmes & escoutes (et oyseaux
En vins et en viandes gloutes
Il ny a nulluy qui ne vueille
De son bon subgect la despouylle
Plus asprement assez rauissent
Que les tyrans qui seigneurissent
On voit bien quilz sont trop le maistre
Car sy com souloit iadis estre
Voulentiers en subgection
Dessoubz leur iurisdiction
Or va tout ce deuant derriere
Car orendroit par leur maniere
Plus differend que blanc a noir
Nul ne veult desoubz eulx manoir
Leur cloistre leur sert de neant
Nul moyne ny va tournoyant
Nil ny font point de residence
Mais ilz quierent par euidence
Les lieux reproches et oyseux
Et vont souuent au plus noyseux
Ou au marche ou par les rues
Chassans pour bargaigner chars crues
En la court du roy en la salle
Voit on souuent ceste grant galle
Ou a court de romme ou a rains
A cause ne sont pas derrains
Ne leurs voysins ne laissent viure
Daultres vices y a en mon liure
Que ie ne vueil pas icy mettre
Religieux ce dit la lettre
De religando sont nommez
Destre veuz et renommez
Hors du siecle ce scet chascun
Ou dampnez qui ne vallent que vn
En tous leurs faiz sont reprouuables
Leur vie a leur force dampnables
Leurs abbez veullent deposer
Contre chascun veullent gloser
Se vng en est huy esleu
Demain en sera despleu
Qui fait abbe dung chetif moyne
Bien puys iurer par sainct anthoyne
Quaux compaignons pys en sera
Plus estrange se monstrera
Que se moyne neust este
Car en yuer et en este
Vouldra sur eulx estre deuins
Et de viandes & de vins
De son ventre fera cy boire
Du meilleur aura en son voirre

Et sy sera seul a sa table
Servy de chose delictable
Ceulx qui servent dieu en couvent
Seront mal gouvernez souvent
Lors sont en eulx distinction
Que par nulle profession
De cloistre ne sera purgie
Chascun deulx a sur lautre envye
Et silz sont deux qui sentrayment
Et bons loyaux amys se claiment
Sy tost que lung abbaissera
Lamour dentre eulx deux cessera
Il se faingnent lung lautre aymer
Mais lung vouldroit laultre en la mer
Les moynes sont fors a congnoistre
Long sont vestuz de layne en cloistre
Et souvent beent les plus saiges
Telz collegez ont et usaiges
Pour leur recteur destituer
Et pour leur estat remuer
Quierent plusieurs faulces cautelles
Les reigles de moynes sont telles
Leur acteur met condicion
Qua nul deulx par ambicion
Nait propre et sautruy veult errer
On le deuroit faire enterrer
Apres sa mort en ung fumier
Cest ung proverbe coustumier
Que silz ont propre sans doubter
En fiens les doit on bouter
Ainsy le veult pape gregoire
En ses decretz en fait memoire
Sy ne leur doit on riens donner
Pour iangler ne pour sermonner
Car on perd ce que on leur donne
Bien engingnerōt la personne
Mais ia plus nen reportera
Et de son don triste sera
Sil nen est bien acertaynez
Leurs moustiers furent ordōnez
Pieca pour le siecle fouyr
Non pas pour vanite suyr
Mais pour moynes humilier
Et pour tout le monde oublier
Cil regne bien qui a dieu sert
En fin bon loyer en dessert
Et souffist que nul ny mendie
Et toutesfuoys quoy que on dye
Je scay plus es religions
Donnestes conversacions
Qui pour bien sont a aymer
Dont ne les doit ainsy blasmer (table

Des chevaliers nest riēs met-
Pres q̄ tout y est diffamable
Dchm̄ veult valoir ung millier
Ilz le vallent bien au pillier
A vivre de aultruy vitaille
Mais ilz nont cure de bataille
Mesmement pour garder leglise
Et pour deffendre la franchise
Et peuple a droit maintenir
Las bien leur deust souvenir
Du roy nabugodonosor
Qui fut riche de grant tresor
Puys fut mue comme une beste
Par sept ans endura moleste
Et mengeoit le feurre & la paille
Tint chevalier vaille que vaille
Jure que mort machinera
Et que leglise deffendra
Sil voit faire chose inique
Au droit de la chose publique
Garder en tous lieux soffrera
Ne perdre ne la laissera
Ainsy est il es drois trouve
Sy leur doit estre reprouve
Quant ilz font trestout au cōtraire
Que valent les grans estatz traire
Quant leglise nest deffendue
Ne chose publique rendue
Ilz ne gardent ne lung ne lautre
Tous ravissent lance sur faultre

Et tout gastent et tout deueurent
Fors les flamesches ny demeurent.

Es iuges vueil faire clamour
Froissez p dons & par amour
Le iugement doyuent cremir
Et d plus grāt paour fremir
Que ne font les aultres parties
Qui demandent droit de parties
Par droit iugement on la liure
Le iuge condempne ou deliure
Ca ius et met en sa balance
La doit estre pou souuenance
Presente de dieu la figure
Auec la saincte escripture
Lors se peut le iuge aduertir
Que les droys ne doit paruertir
Encor luy doit mieulx souuenir
Que le droit iuge est a venir
Les bons auec luy recevra
Et les mauluais deboutera
Sy me merueil comment ilz osent
Iuger faulx ne comment ilz glosent
Leur sentence & leur iugement
Dieu ne craingnent aulcunement
Deulx iustice mal se gouuerne
Sy com le vin en la tauerne
Nous sont les iugemens vendus
Et sont a la bource pendus
Droicture ne cremeur de dieu
Ne droit ne raison ny a lieu
Tout ce ny vault pas deux chardons
Les iugemens se font par dons
Ou par faueur ou par priere
Les dons vont auant & arriere
Car qui bien scet les paulmes oindre
Au lieu du droit scet le tort ioindre
Les bons iuges ne daignent prendre
Deniers ne la iustice vendre
Sy pry dieu q deulx luy souuiengne
Et quen sa grace les maintiengne
Et ceulx mettent en sa mancion
Qui ne veullent corruption

Es aduocatz commēt diray
Ja pour nulluy nen mētiray
Il a en eulx plus de diffame
Quen vne pute folle femme
Chascun de ses instrumens ioue
Femme son cul pour deniers loue
Et laduocat sa langue vend
Ces deux ne viuent pas de vent
La langue est plus precieux membre
Que nest le cul bien men remembre
Tant est la vente plus honteuse
Com la langue est plus precieuse
Nul serement ny est tenu
Qui plus donne il est mieulx venu
A payne se doit nul fier
Quant laduocat veult deffier
Son amy pour denier auoir
De son ennemy prent lauoir
Ne luy chault sil et dangleterre
Mais que deniers luy viengne querre
Contre ses parens plaidera
Et pour ses dons luy aydera
Quant il y a plante monnoye
Laduocat sa langue desploye
Et laguise comme vne espee
Mainte mensonge en est comptee
Et couloree en rethorique
A peruertir les loix sapplique
Et faint quil face nouueaux drois
De langue se combat tous drois
Mais en pourpensant les mentailles
Nist rieus que vent de ses entrailles
Et sil est que laduocat cuyde
Que la bource aux gens soit vuyde
La cause met hors de sa cure
Pource que largent plus ne dure
Et daultre part promet victoire
Et pource ne les doit on croire
Car il iure par la kyrielle
Quil soustiendra bonne querelle

Bonne luy est ainsy la glose
Puys que prouffit a en la chose
Cil bat le vent qui riens ne baille
Laduocat ny compte pas maille
Il ny met diligence aulcune
Il nayme riens tant que pecune
Et dit riens ne receuz puys hyer
Il vouldroit la mer espuisier
Belles robbes sont bien au cas
Bien se vestent les aduocas
Et de nobles robes se parent
Affin que plus saiges apparent
A telz gens sont equiparees
Les femmes qui sont bien parees
Cest pour auoir plus grant loyer
Des hommes pour esbanoyer
Les aduocatz plus chiers se vendēt
Pour leurs habitz grās loyers prendent
Qui donne au peuple grāt dommaige
Et le poure tient en seruage
Silz auoyent voix de seraynes
Qui de melodies sont playnes
Sy les doit on forment doubter
Perilleux sont a escouter
Fy de merdeux phisiciens
Ja ne seront louez ceans
Cōuoiteux sont a mēsōgier
Et sy sont moult a resōgnier
Quilz sont de nature chenine
Entreulx docteurs en medicine
Leurs compaignons heent & fuyent
Et les cures pour eulx estuyent
Les aduocatz font le contraire
Se deux a une cause traire
Sont retenus pour eulx esbatre
Ilz vouldroyent bien estre quatre
Vins viandes et espices
Quierent par tout a grans delices
Et despendent ioyeusement
Honnestement & largement
Mais des phiziciens de merde
Chascun a paour quil ne perde
Et pource pleurent leurs despense
Tristes pensif et en offence
Car auarice les rebource
Qui ne leur laisse ouurir la bource
Ilz se faingnent tousiours malades
Remplys enterinez ou fades
Et tant ne sceuent procurer
Queulx propres se saichent curer
Sy ne sont a croire de rien
En leurs euures car on voit bien
Quilz ne viuent pas plus que nous
Leur medecine est aux genoulx
Pres des estrons & des orines
Les chamberieres sont latrines
Il leurs recommandēt clistere
Fy il y a vng ort mistere
On voit leurs ars souuent faillir
Dont plusieurs meurent sans faillir
Par leur deffault la mort les happe
Dix en meurent quāt vng eschappe
Le temps & les orines faillent
Le poulx & les signes qui baillēt
Dont ilz font les gens ruyner
Par mentir & par fort ieuner
De ce sert le phizicien
Serapion et galien
ypocras ysaac et rasis
Ne valent pas vng parisis
Ne leur art ne leur aliāce
Ceulx sont folz qui y ont fiāce
Autel dy des sirurgiens
Com iay fait des phiziciens

Roit est que des marchās
aduise (chandise
Commēt ilz font leur mar)
A faulx poix et en pariurant
Sainctz & sainctes deffigurāt
Il ne leur chault mais quilz vendēt
A aultre chose ne cōtendēt
Les foires et les marchiez quierent

Terres rentes chasteaulx acquierent
Diffamez sont du fait dusure
Mais telle acqueste point ne dure
Jusques a la tierce lignie
La quarte nen pira mye
Lusurier doyt avoir regard
Que des paines denfer se gard
Car souvent racompter ora
Plus aura plus doulant mourra
Aussy doyt il avoir memoire
Des biens de pardurable gloire
Et des gricfz cures de ce monde
Qui les fais des pechiez affonde
Sy en souviengne qui vouldra
Le plus chargie plus se douldra
Mais quoy quon dye des bourgoys
Il en y a plus de courtoys
Vaillans hommes et honnourables
Qui font en leurs fais amyables
Dont se ien ay trop sermonne
Je pry quil me soyt pardonne

E laisseroye voulentiers
Les laboureurs bons & etiers
Vivant de leur loyal labour
Mais ilz ne cõtẽt vng tabour
Se leurs dismes a dieu ne payent
En ce le temptent & essayent
Ainsy que fist caym son frere
Sy que leur male foy appere
Les ors villains mal gracieux
Mesdisans sont et envieux
Tousiours dient que leurs voysins
Ont es vignes plus de roysins
Quilz nont plus ble en la champaigne
Leur envie trop les meshaigne
Et quant ilz ne peuent dire pis
Lestrange vache a plus de pis
Et plus de lait a grant plante
Tous sont de ceste voulente
Deux se complaint la loy agraire
Elle condempne leur affaire

Car hors loy sont & ignorans
Et mal parlans et decevans
Les commandemens dieu ne prisent
Et les droitz de leglise brisent
Et de verite petit usent
Ainsy en tout leurs faitz abusent
Le plus se vivent comme bestes
Et a iours ouvriers et a festes
Ne scay pourquoy plus nen diroye
Ne pourquoy me traveilleroye
Le monde voy trop desguise
Quant iay tous estatz advise
Et le bon & le mal eur
Je ny scay nul estat seur
Qui tous les pourroit experir
Dont iay grant paour de perir
Pource quay iustement vescu
Sy pry dieu qui me soit escu
Ca ius en ceste mer mondayne
Ou la pestilence demayne
Tournera & sans aviron
Et me mette hors du giron
Du siecle ou nul ne vit sans blasme
De bonnaire me soit a lame
Car ie crain que trop ny demeure
Sy ne suys ie sans plours nulle heure
Assez appert a mon visaige
Que paix ou repos enuys ay ie
Finablement quant me souvient
Comme chascun morir convient
Et iay record des quinze signes
Qui de tresgrant paour sont dignes
Premierement du iugement
Je tremble paoureusement
Le premier iour seslevera
Et comme vng mur montera
En hault par dessus les montaignes
Le secoud iour donra enseignes
Que leaue au bas descendra
Et au tiers iour son cours fera
Au quart se acompaigneront

Tous les poyssons et crieront
En eulx complaingnant de la fin
Et la balaine et le dauldhin
Au quint iour auallera londe
Au sixiesme par tout le monde
Arbres et plantes sans doubter
Fera sang vermeil degouter
Le septiesme forment muera
Maisons et citez destruira
Les pierres se despiesseront
De leurs pieses guerres feront
Et se combateront sans seiour
Lun et laultre le huityesme iour
Au neufyesme apres ceste guerre
Sera grant mocion de terre
Telle que nul ne pourroit dire
Au dixyesme iour par grant ire
Les montaignes et les vallees
Seront ensemble auallees
Et les menues et les grosses
Et alonziesme des fosses
Istront les gens qui ploureront
Et comme fourcennez courront
Pour la paour du temps horible
Le douziesme sera terrible
Les estoilles tresbuscheront
Et ius du firmament cherront
Ne ia signe ny demoura
Dur sera cueur qui ne ploura
Au treziesme verront les os
Et resusciteront les mors
Des sepulcres ou ilz gerront
Pour estre veuz sus seront
Tout mourra au iour quatorzieme
De triste mort et au quinziesme
La terre ardera en tous lieux
Apres ses choses viendra dieux
Tenir son derrenier iugement
Qui aura vescu sainctement
Il sera de bonne heure nez
Les mauluais seront mal menez

Mais parauant ceste auenture
Sy com tesmoingne lescripture
Par lespace de quarante ans
De iour ne de nuyt en nul temps
Larc du ciel ne sera monstree
A nulluy en nulle contree

Douloreux iour et redoutable
Craintif et epouentable
Quãt dieu a ce iour aduenir
Vouldra son iugement tenir
Et dira denfer vous gettay
Et de mon sang vous racheptay
Pour vous batu et depouyllie
De sang et de sueur mouyllie
Et noubliera pas a dire
Tous les tourmens de son martyre
Comment fut trahy et vendu
Escharny en croix et pendu
Comment grans angoisses souffrit
Et iusques a mort pour nous souffrit
Et ses cinq playes monstrera
Adonc chascun sainct tremblera
Grant paour auront ains la fin
Et cherubin et seraphin
Las le iuste ou se boutera
Quant apayne saulue sera
Sy com dit iob las que feray
Pourtant ie me conforteray
En ce que iay fort soustenu
Le martyre qui mest venu
Se par tourment peut sainctir hom
Par souffrance seray sainct hom
Voulentiers souffreray les paynes
Et ne me seront pas greuaynes
Pour acquerir vie eternelle
En la ioye perpetuelle
A la quelle mon createur
Triumphateur et saluateur
Roy viateur dominateur
Saluateur et redempteur
Dispensateur reparateur

Conditeur et reformateur
Me vueille mener et attraire
Par sa grace tresdebonnaire
Je pry ie lo et sy conseille
A ceulx qui cy tiendront loreille
Que nul hom sil nest enragie
Tant soit damours encoragie
A mariage ne sassente
De lyesse luy cloz la sente
Et luy doing les clefz de tristesse
Et se chascun scauoit bien quest ce
Aussy de vray com ie le scay
Qui en ay este a lessay
On le deuroit tout vif larder
Puis qui ne sen vouldroit garder
Or est ma nef a port venue
Sy soit par aultre retenue
Sy supply a dieu qui luy plaise
Quenuers moy son ire rapaise
Et me doint lieu auec mamye
En la celeste compaignie

¶ Amen.

A tous ceulx qui me liront
Leur supplie de cueur entier
Louent le bien que ilz verront
Et tout le mal par conte ront
Sans mesdire mette a quartier
Amys iay fait vostre psaultier
Non obstant quil est imparfait
Doncques vueilles de cueur entier
Retenir le meilleur sentier
Et laisser le mal sil vous plaist.

Pour lan que ie fus mys en sens
Retenez. M. et cinq cens
Je vous prie ostes en huyt
Mettez octobre le tiers iour
Et prenez plaisir et seiour
Tout ainsy comme il sensuyt.

¶ Explicit.

www.ingramcontent.com/pod-product-compliance
Lightning Source LLC
LaVergne TN
LVHW012014220826
846092LV00001B/348

* 9 7 8 2 3 2 9 7 7 3 3 2 2 *